钟小巧

著

红海日报
出版社

图书在版编目（CIP）数据

围里围外 / 钟小巧著. -- 北京：经济日报出版社，
2021.9

ISBN 978-7-5196-0945-0

Ⅰ.①围… Ⅱ.①钟… Ⅲ.①散文集–中国–当代
Ⅳ.①I267

中国版本图书馆 CIP 数据核字（2021）第 188687 号

## 围里围外

| | |
|---|---|
| 作　　者 | 钟小巧 |
| 责任编辑 | 王　含 |
| 责任校对 | 蒋　佳 |
| 出版发行 | 经济日报出版社 |
| 地　　址 | 北京市西城区白纸坊东街 2 号（邮政编码：100054） |
| 电　　话 | 010–63567684（总编室） |
| | 010–63584556　63567691（财经编辑部） |
| | 010–63567687（企业与企业家史编辑部） |
| | 010–63567683（经济与管理学术编辑部） |
| | 010–63538621　63567692（发行部） |
| 网　　址 | www.edpbook.com.cn |
| E－mail | edpbook@126.com |
| 经　　销 | 全国新华书店 |
| 印　　刷 | 成都兴怡包装装潢有限公司 |
| 开　　本 | 880mm×1230mm　1/32 |
| 印　　张 | 7.25 |
| 字　　数 | 160 千字 |
| 版　　次 | 2022 年 1 月第一版 |
| 印　　次 | 2022 年 1 月第一次印刷 |
| 书　　号 | ISBN 978-7-5196-0945-0 |
| 定　　价 | 68.00 元 |

# 序一

## 围里围外都是歌
——钟小巧散文集《围里围外》序诗

丘树宏

围里围外，
都是一个故事，
从遥远中原，
讲到九连山里。

围里围外，
都是一簇鲜花，
从小溪田野，
开到山上山下。

围里围外，
都是一幅美图，
从岭南岭北，
画到天涯乐土。

围里围外

围里围外，
都是一串梦想，
从春雨夏风，
做到秋月冬阳。

围里围外，
都是一首山歌，
从白云悠悠，
唱到满天星火。

围里围外，
是你是他是我。
围里，千年风情万种，
围外，万里河山走过。

**2021 年 4 月 21 日于连平**

作者系连平乡贤，中国作家协会会员，中国音乐家协会会员，广东省作家协会副主席。

# 序二

## 篇篇如珠闪真情
——为钟小巧散文集《围里围外》而序

吴振尧

## （一）

我与钟小巧虽是连平县同乡，但因年龄、阅历和职业不同，加之现居住地相距100多公里，所以，平日往来极少。与她相识也是偶然的。记得几年前的某一天，惠州市一位林姓作家来电告知她来惠约见。那天正巧我与市作协班子接待省作协调研组的领导，因人员不多，经省作协调研组同意，钟小巧就和我们一起就餐。餐后，她赠送《走进那山那水》散文集给我，并嘱写个评文。其实我这个"业余作家"是不善于评文论经的，而碍于面子，也就急时随口应承了她诚意的礼貌之托。我阅读《走进那山那水》后，也乘兴随感随意地写了《真情所至石成金》的读后感。此文在中国作家网发表后，本地多家报刊分别发表了，反映挺好的。在以后的几年里，我与钟小巧也少有往来，甚至微信也少有互相问好，更谈不上见面论文品著，谈谈乡情。今年初春的一天，钟小巧将这本《围里围外》散文集的电子版发我，嘱咐写个序，我当即推辞了三次，最后，我也只说看看书稿再说。三次推辞并非我不想为她再写点东西，而是我感到为她写有难处。理由：作者的基本情况我不了解，这是其一；其次，我有自规不给他人写序，但可写些读后感，近年推辞了小江、小黄、小陈、小孔等几个文友的要求；再次，就是我业余时间有限，又正赶修改审定《东江水韵》和正在创作长篇小说《东江甜蜜》。好在收到钟小巧此书稿时，审稿和创作初稿全部完成。有闲的几天时间里，我阅读了钟小巧《围里围外》散文集书稿，文章短小精彩，属于篇篇见报的"豆腐块"文章，但篇篇如珠似玉，充满情感，散发着乡土芳香，让我思绪连连回到了童年生活年代，脑海里闪现故乡的山水，乡间的小溪，岩上的鹰巢，树杈上的鸟窝，乡间门前的小狗，好斗的公鸡和樑棚上深睡的小猫，都活灵活现地展现在眼前。十几万字的《围里围外》，我读了两遍，摘记和写下了10多页稿纸的书中内容和阅读感言。阅读让我文思激荡、情感流淌，为钟小巧质朴的情愫、简洁的文字、精确的记叙和略显童稚的言语所打动，心有所触，情有同感，愿为钟小巧的散文集《围里围外》写点什么，就算对她的支持和对本书粗浅的读后感吧。

## （二）

我们同属山里人，所以我读《围里围外》时，有一种亲近感和亲情感，因为文中叙述的诸如风俗、乡情是相同相近的。对鹰嘴桃、艾粑、番薯粉丝、米粉糖环、科丸、舞牛歌、"老八盘""灯盏粄"等的描写，都似曾相识和有过亲历。钟小巧的语言朴实，充满诗意，所言之物，句句有温度有热血和情怀，还有真情的甘露，不管自我的喜怒哀乐，还是乡村的红白俗事、人间亲情的交往，都有着她这个年龄段的人生难得的一份稳健、一片赤诚、一种情结。所以，好像是在听一个人真真切切讲故事，唠唠叨叨说俚语，来来回回串珍珠，无意中吸引我阅读文本走进作者的文学心灵和热切叙说的世界。

《围里围外》共有五辑，各辑有总题，共60篇，每篇约1500字，极少2000字以上的篇章。但无论主题如何细化，钟小巧笔到之处，无论是故乡的人、山村的事，乃至房前屋后的一草一木、一果一花、一山一水、一土一石，都倾注着作者的浓浓之"情"，乡情人情的热情。钟小巧的60篇精短散文，似60颗南珠，闪烁赤子的真情。她的散文温馨，洋溢着动人的泥土芳香，她的语句透彻着心灵的清澈，无处不亮闪人性的光芒，这都有赖于她的情感浓度、生活热度、精神高度。她很自然而然地叙述了五味陈杂的乡村生活，童年野趣、家庭穷苦、父母争吵以及母亲老来寻访祖地的真情宣泄和生活咏唱。也有自己成长中对祖国山河、故乡草木的真情表达，以及对女儿、丈夫、父母、亲戚的感恩情愫，既拾取那天籁般的美好，也不回避它的落后、愚昧、丑陋的一面。看看青青大蛇药时，或者你会在绝望那一刻又昂头发笑，母亲与父亲因耕种而发生矛盾，赌气回家，母亲随手采摘大蛇药哭着回家被邻居大婆看见了，这位大婆急忙跑来告诉说其母疑要吃大蛇药了。钟小巧的姐妹们一路奔跑回到家见母亲从粪池中出来，一声"妈……"让母亲回过神来说："傻妹子……"原来母亲赌气回家路上看见绿嫩嫩大蛇药草，就顺手将它割回作肥料了。这一惊一喜描写，让人突然敬重母亲的博大。看到钟小巧回乡做"灯盏粄"的温馨记忆，吃溜溜薯粉丝、艾叶糍粑，喝客家黄酒的吃相等，这些洋溢乡间浪漫情调的生活往事，让我觉得更像是一樽客家娘（黄）酒，香气袭人，醉人心脾。但在《围里围外》中，我们也看到贫穷潦倒，孤寡老人，子孙不孝，以及乡村贫富差距加大，富人住洋楼，穷人屋在漏的现象。古老村落低矮破旧瓦房依伴着多层宽敞豪华装饰的洋楼，这背后也有着生活裂隙处难言的绝望和孤独。作者对独守乡村的老弱群体的描写，也投入了深深的同情。当然，作者更多地记录亲身经历的已经发生巨大变化的乡村。对故乡的山山水水，人物今昔的生活痕迹进行点睛式的叙写，讲述的故事，文字描写的家庭，是平常人家事件与人物。其中意味，读着熟悉，掩卷深思，惊叹兴致。所谓"人人眼中有，人人笔中无"是也。常言道"是真佛只说家常"，信也；俗话说"善人吐真情"，信也。我喜欢这样的率真叙述，平静、安详、串珠织网，续续然、悠悠闲、句句真，不轻不浮，不疾不徐，如拾海贝，采摘花朵，没有断茎，没有堆絮，质地似棉，真情如炽，那样的匀实，暖而熨帖，抚人心肺，撩人春心，是大地上来的，是百姓手里心里的，有机平稳，持久长远，熟于细软博大，串起生活底色的玑珠项琏，篇篇闪耀真情，这真情属于故乡的那敬畏生灵的大地，不息的涧溪和不枯的人心。

篇篇如珠，字字恋情，篇篇热爱故园的赤子之情以及感悟社会人生的率真之情。钟小巧一身好功夫，在朴实质地的故事里和生活叙述中凸显张力。"缕缕乡思""绵绵亲恩"，眼里有笔下才有，心上有字间方有，大的文章出自于略大于整个宇宙的一颗心灵，认知上去了，情怀境界就辽阔了，作品焉然情真如炽，澎湃如海。看见了最卑微的人的梦想之光，体察了最心酸的人的生活之窟，没有足够的慈悲和耐心，是无法用言语表达的。如果不曾经历玉碎的沉痛，怎么会有瓦全的超拔，如果不曾深陷泥泞，怎么会有突围重生的芳香，如果不曾经历凤凰涅槃，怎么会有展翅翱翔。

那山村多么寂寞，那夜晚多么黑暗，那江河多么弯曲，作者在那里哭泣过、欢笑过、灵魂也就烨过，心也在荒野、山岗、乡村、在黑夜里惊魂过，在洞溪裸身泅过，在田泥和衣爬过，不然，哪会活出光彩。况且，文字这样加持于她。我想这就是本书能够真情泄沌的真谛。

作家钟小巧心里流淌着一条故乡之河。写出串串珍珠一样耀灿的篇章，讲叙自己心中乡村的故事，都是对故土的忠诚守护，对亲人的真挚的厚爱。如果说钟小巧的这本散文还有缺憾的话，那么比之那些有成就的散文大家，她笔下的乡土，虽然经过了文学的"反刍"，但还不够精深，缺少厚度、广度。我想可能是她过于追求报纸副刊发的原因。而应注重作品质地，把捏有度，张弛有尺。该长则长，有话则说，该短则短，无语而收，不要成了应景工作而写散文。我想随着生活积淀、丰富和增长，这些问题都可以得到解决，毕竟她给我们奉上一部心血之作，真情无华、踏踏实实走着自己的路。

匆匆写下读后随想随感，权当为序。

**2021 年 4 月于鹿江北岸草寮阁**

**作者系连平乡贤，中国作家协会会员，广东文学院签约作家，惠州市小说学会会长，惠州市作家协会名誉主席。**

目 录 <sub>Contents</sub>

## 第二辑　浅浅履痕

## 第三辑　悠悠味蕾

## 第四辑 绵绵亲恩

## 第五辑 碎碎个事

chapter

01

▼

缕缕乡思

第一辑

# 元善其人其镇

　　问起元善镇名之由来，别说外地人大摇其头，本地人能答上来的也不多。说来真是问心有愧，如果笔者没有转行到文化线，也一样，一无所知。记得学生时代，课本里似乎有很多知识，却偏偏缺失本土人文知识。后来，流连县图书馆，杂七杂八的书籍翻阅不少，却偏偏不关注那寥寥几本家乡历史文本。总认为，"风景在别处"。

　　其实，家乡的历史文化，是浩瀚的知识星空下耀眼的一颗，应捧之铭之。又像蕴藏石头深处的翡翠，应采之掘之。

　　其实，每个地名，几乎都有由来，或来自传说，或来自典故，或纪念某名人。如中山市，是为纪念伟大的孙中山先生而改之，又如和平县城阳明镇，是纪念明代思想家王阳明。连平县城元善镇也如此，是纪念连平建州始祖牟元善。

　　人因地名，地以人传。

　　牟元善，又叫牟应受，字子咸，来自贵州，拔贡出身。明崇祯八年（1635）由广东永安县（今紫金县）县令擢为连平州知州，明崇祯十二年（1639）卒于任上。据《连平州志》载，牟元善在连平任职期间，"清文巢田，兴学设兵，测壤定赋，百务毕兴，严明慈惠，循良著绩"。也就是说，连平州城是他经手创建。

那时的连平，"城郭未立也，田畴未制也，朴陋未化也"。山高地险、交通闭塞，九连山环通九县，朝廷鞭长莫及，农民骚乱和盗贼活动日益猖獗。牟元善，可谓"受命于败军之际，奉命于危难之间"，成为连平州首任知州。自始至终，他都如一头拓荒牛，勤勤恳恳认认真真地开辟着连平州荒芜之地。他取"正己、率物、轻赋、省刑、兴礼、和人民、恤士卒"之施政方针，百务躬亲，依靠人民，与民同甘共苦，组织人"观其阴阳向背之势，相其水泉滋息之宜，诛茅伐树，易蓬檐以瓦甓，署宇宫墙，街巷市肆，网不克安厥宅"，让人民走出蓬檐茅草舍，住进砖墙瓦面宅，居住条件得到了很大改善。他又"躬亲阡陌，跋涉溪涧，画井分田，测壤定赋税，清隐占，定户籍，设屯田，守要害"，并在各地陆续兴建山塘水陂，发展农业生产，让人民告别了食不果腹的日子。他还兴修水利，组织人于城内挖了100多口井，于城外建三口塘处理全城污水，让人民饮上安全水。他为修筑道路，慷慨解囊，在他的带动及组织下，当地群众也纷纷捐资，兴起筑路运动。不久，从密溪至烂泥格，从粗石坑至杨梅坪、营子、陂头，从粗石坑至水洋洞、增河坝之道路相继开通，行人称便。对此，乡民甚为感激他，特树碑记其事，碑文的标题为《修岩坡路碑记》。

这些衣食住行问题解决了，连平州城也有模有样了，也就是说，牟元善的政绩摆得上台面了。那么，他就赚得盆满钵满了？

就以此为升迁资本了？或者洗手不干了？或者坐享其成了？都不是。或许，他连想都没这样想过。他不是把官当官来做的人（他曾写下"若论居官真不朽，一腔忠爱与天长"以自勉）。他一如既往，身先士卒，鞠躬尽瘁。

"物质、精神两手抓，两手都要硬"，那个时代，牟元善似乎都懂得这个理了。他任职期间，在发展文化教育事业方面也大有建树。据史料载，牟元善"拊循休养，土著新附于众，一视如子，劳来不倦，公余进子弟之彦者于庭，相与敦诗说礼，日渐月摩，弦诵与耳，父子祖孙，沐浴膏雨"。期间，"复荷督学魏公仲雪薪域朴，授茅连茹，四方文学之士，负笈踵至"。连平建州第二年即设立了学宫，元善镇读书之风自此益浓，亦为连平州在清代名士辈出奠定了基础。

短短4年，就为连平州立下汗马功劳。但，深为百姓爱戴和敬仰的，似乎不在于此。为官者，为民也。牟元善爱民如子，经常深入民间调研，了解汉族和畲族人民的生产生活情况，急百姓之所急，需百姓之所需，引导民族之间加强沟通，维护民族团结。他尊重同僚、下属，杜绝声色犬马之风。他反对贪污与奢侈，主张节俭，生活朴素。"夜眠竹簟供屏帐，露处黎羹当几筵""深山月更朗，野菽味偏奇""凉薄菜羹惟我适，洪荒味色与谁餐"等诗句，便体现了他外出体察民情时轻车简从、以"野菽"为餐的从容自在。他死于任上，据说，死时仅剩一套破旧五品官服，后事之费也由乡人筹集而得。

这样的官，谁不为之感动、爱戴和敬仰！所以，不管他生前还是身后，人们都自发刻碑建祠纪念他。

　　前人栽树，后人乘凉。连平州的历史车轮向前滚了 380 年，如今的元善镇，和谐、安定、富足。作为全县政治、经济、文化、科教中心，元善镇加快了城镇化步伐，环境优美、设施齐全的花园式小区如雨后春笋般拔地而起。随着大广高速公路的即将开通，汕昆、粤湘、武深高速公路的稳步推进，元善镇将形成"三纵一横""六省通衢"的交通枢纽，交通发达，经济腾飞。看到这些天翻地覆的变化，若牟元善在天有灵，也一定倍感欣慰吧。

　　元善，多么伟大的人。元善，多么骄人的镇。

2015.12.8《河源日报》

# 鹰嘴蜜桃的盛会

盛夏，是岭南佳果的丰收季。遍布珠三角的荔枝熟了，龙眼熟了，累累挂枝头。多少人，如苏东坡一样，"日啖荔枝三百颗，不辞长作岭南人"。

鹰嘴蜜桃也熟了。它不长在珠三角，却吸引了一拨又一拨的珠三角人。那个粤北山区连平县，一改往日的宁静，变得车水马龙，人声鼎沸，热闹非凡，如举办盛会。

这是鹰嘴蜜桃的盛会，来自民间，参与者是桃农和游客。

这样的盛会已延续十几年了。

连平鹰嘴蜜桃，形状与北方水蜜桃相似，但因尾部多长了一个钩，貌似"鹰嘴"，所以称为"鹰嘴蜜桃"。水蜜桃在于柔软和汁多，不足是缺少清脆爽口。蟠桃则脆硬有余，柔甜不够。鹰嘴蜜桃则将两者的优点兼容，清甜、爽脆、水润，果肉"半江瑟瑟半江红"，如细皮嫩肉红润丰满的青春美女，别说吃，仅看着，都让你垂涎三尺。而且，还是维 C 之王呢。

因此，实至名归，连平鹰嘴蜜桃，"岭南十大佳果"之一，被农科专家誉为"桃之极品"。

自连平县城，沿105国道、大广高速，一路向北，至粤赣交界处的小武当山，绵延几十里，山山岭岭，沟沟壑壑，尽是鹰嘴蜜桃。那个被誉为"中国鹰嘴蜜桃之乡"的上坪镇，每家每户至少拥有一个桃园。也只有这里的鹰嘴蜜桃，才是最正宗的。与"一方水土养一方人"同理，这里的气候、水质、土质与众不同，便造就了与众不同的桃子——鹰嘴，蜜甜、个大、色亮、肉脆。这些鹰嘴蜜桃，一个个摩肩接踵，挤挤挨挨垂挂着，伸手就能摘到。一群群游客，在桃树下蹦来蹦去，这个说"这个大"，那个说"这个更大"。一阵欢呼，便抢着摘了下来。游客亲自体验摘果的兴奋和成就，在桃园这个舞台表现得淋漓尽致。这些生活在都市里的人，整天奔走于水泥森林间，吸着汽车尾气，吃着洋式快餐，能把工作的压力、人际的复杂、人心的浮躁，消解在这样的田园里，不愧是一种正确选择。

此时，桃农成了导演，专业、热情、细心的导演，用火眼金睛帮挑选，用专业知识教识别，用麻利动作指导采摘方法，用恳切口吻提醒注意事项。其实，桃农也是幕后工作者。除草、松土、修剪、施有机肥、打无毒药，一步一步，几乎每天都坚守在桃园，"汗滴桃下土"，陪伴桃子，看着长大。他们黑黝黝的脸膛，桃树皮样的手掌，便是见证。

桃园外的水泥村道，一辆辆农用车、小轿车蜿蜒前行，排着长龙。这个舞台更壮观。一些游客不愿进入桃林，在路边等着，桃农便把一筐筐桃子抬出来，过秤，打包装，忙得不亦乐乎。很多桃农提前做好准备，天不大亮就开始采摘，游客到来之前，桃子已在路边堆成小山。于是，那些路边便成了临时摊位、临时市场，熙来攘往的。

在连平县城，也临时设定了鹰嘴蜜桃一条街。密密集集的摊位，一筐筐的鹰嘴蜜桃，如古代宫女排排坐，泛着娇羞的红晕，等待美好的归宿。随着电商的兴起，近几年，各快递公司也纷纷入驻各摊位，帮桃农打开网络市场，使鹰嘴蜜桃走向了更广阔的舞台。

在这场盛会里，我有时也成"跑龙套"之人，带朋友到桃园去体验，去观光，或帮无法亲临的朋友去采摘、零买、快递，虽辛苦，却快乐。

2017.7.27《南方日报》

# 明月之诗

　　中秋，明月，从《诗经》升起，"皎兮、皓兮、照兮"，把神州大地上的一片苍茫夜空，映照得异彩纷呈。

　　王昌龄来了，在边塞，在大漠，"秦时明月汉时关，万里长征人未还"，孤清而冷傲。关隘还是那道关隘，月亮还是那个月亮，只是，戍守边关的将士，换了一代又一代。

　　李白，在漂泊岁月中，能够永久陪伴他上路的，除了一壶清酒，还有就是头上的一轮明月了。思念家乡之时，他把"床前明月光"，看成"疑是地上霜"，那一地如霜的月光，照亮了多少天涯漂泊人的漫漫思乡路。千百年来，这种独在他乡的浓浓思情，就一直定格在"举头""低头"之间。简单的动作，单纯的月光，却得以借助思亲之情绵延千年而诗意阑珊。在李白眼里，长安的一片月，被听成是万户的捣衣声，是怨，是怜，也是叹；天山的一轮月，隐约于苍茫的云海间，是朦，是隐，也是赞；"我寄愁心与明月，随君直到夜郎西"，原来明月与愁心是可以寄的，是否也与今时的中秋月饼一样，寄去的是缕缕的一盒饼香，收到的是酽酽的一腔情怀？"举杯邀明月，对影成三人"，李白也曾邀明月对饮，也曾披月光入梦。"人生得意须尽欢，莫使金樽空对月"，李白的这种洒脱与自在，又何尝不是一种月在中天人在江湖的飘逸与豁达。"今人不见古时月，今月曾经照古人"，诗人与明月红颜知己般的浪漫情怀，总是浸润在一片融融月色之中，是那么的放浪形骸，又是那么的空灵美丽！

而杜甫的明月之诗，"露从今夜白，月是故乡明"，又让多少游子离人泪盈眼眶，泪水奔涌。

一代贤相张九龄开岭南文化先河，《唐诗三百首》里开篇即是他的《望月怀远》——"海上生明月，天涯共此时。"人同此心，情同此月，明月千里寄相思，海峡两岸盼团圆。

苏轼，时而高唱"大江东去，浪淘尽，千古风流人物"，大踏步而来，在喟叹"人生如梦，一尊还酹江月"之后，也感慨世事变迁，人事如烟，岁月如尘，也会午夜梦回，进入到豪放人生的自由放达之中。时而低吟"明月几时有？把酒问青天……人有悲欢离合，月有阴晴圆缺，此事古难全。但愿人长久，千里共婵娟"，皓月当空，兄弟千里，天上，人间，离别之苦，怀才不遇，把酒望月，借醉问天，是婉约？是缠绵？还是郁愤？纷纷扰扰的思绪，只有诗人的那份美好祝愿，千年不变。

张若虚写的虽是《春江花月夜》，"春江潮水连海平，海上明月共潮生"，我却分明看到了一轮明月于东海之滨冉冉升起，整个中秋之夜是"江天一色无纤尘，皎皎空中孤月轮"，令多少人徜徉月下，对月追思，游子思故乡，怨妇念征人，"江畔何人初见月，江月何年初照人"，天高云淡，一切都远去了，心中唯留

"白云一片去悠悠，青枫浦上不胜愁"。"人生代代无穷已，江月年年只相似"，不只是诗人一个人的千古喟叹，也是芸芸众生的千载愁肠。

今夜，临窗望月，既为辛弃疾的"明月别枝惊鹊，清风半夜鸣蝉"而欣喜，也为王建的"今夜月明人尽望，不知秋思落谁家"而惆怅。是的，人到中年的我，多少思绪，都融在古人诗词中。

2017. 10. 4《河源日报》

# 开花的道旁树

　　立冬过后，下了一场小雨，干巴巴的大地，好像洗了个囫囵澡，总算有了润湿气息，有了清亮感觉。

　　那天早晨，在上班途经的国道，蓦然发现，道旁树开花了。

　　粉红的，粉紫的，乳白的，错落于路旁，让人眼前一亮。如掌大的绿叶下，开出了如掌大的朵朵花。花与叶挤挤挨挨，互相比拼，后出生的花似乎更胜一筹，把叶挡在了身后。我不禁想起"长江后浪推前浪"的理儿。

　　这花，很眼熟。哦，原来是香港的市花——洋紫荆花。我们习惯称"紫荆花"。而我，却望文生义，紫荆花，以为就是紫色的。后来特地网上搜索了一下，才知道，红、白、紫……多种颜色。花如五星，叶像羊蹄，因此学名叫"红花羊蹄甲"。洋紫荆花和紫荆花都是其别称，属常绿乔木，树高6～10米。

　　但如今见国道旁这些，只有2～3米高，才处于"少年期"，想必种植不久。哦，我想起来了，是三四年前种的。那时我是县报社所谓的"记者"，曾报道过此事。那个植树节，在县领导的带领下，干部职工齐齐出动，穿靴、戴笠、撑伞、荷锄，向国道进发。国道两旁，挥锄挖坑的，把扶树苗的，扬锨填土的，浇水的，人头攒动，甚是壮观。国道穿城而过。城以南以紫荆为主，城以北以夹竹桃为主。目的是，让国道四季有花。

紫荆花期很长，从11月至翌年4月，繁英满树，是美丽的观赏树木，且终年绿叶繁茂，颇耐烟尘，所以，特适于做道旁树。在香港的街头，在广州的公园，随处可见。如今，它来到了粤北山区，繁衍着，盛开了。记得，当时有个县领导在植树现场说，都市需要美化，小城也需要美化；高速公路需要景观，国道及地方公路同样需要景观。

想必，他是多么热爱这座小城，这片土地，能从细微入手，进行绿化、美化，只是，未等树大花开，他已调动，就像先前的道旁树。

先前的道旁树，历经几度变迁，几度荒凉。

记得小时候，离家三四里远那条沙土路的道旁树，高大，笔直，直耸青天，仰起头也看不到顶，树梢似乎被云遮住了。树梢也遮住了太阳，每每追随母亲去赶集，连草帽都不用带，一路阴凉。

后来才知道，那路，是国道，20多年前已铺上了水泥，后又铺上了柏油，也拓宽了。那些道旁树，似乎一夜之间，消失得无影无踪。

之后就再也见不到那么高大的道旁树了。路，总在修修补补。树，便也跟着变换品种。种过桉树，种过樟树，还种过我叫不出名的树。无论哪种树，别说成材，还未成形，就砍了，就连根拔起。曾有那么一段时间，国道两旁的桉树，以经济效益为目的——每年砍一次，运到夹板厂去。但每次砍下来的，只有拳头大小。钩机，电锯，一路横扫，人来车往，却没有很好的防护措施。我的一个同学，刚好步行路过，却被钩机卷了进去，连同她肚子里快生的孩子，血肉模糊，惨不忍睹。悲剧的发生，是怪罪钩机的司机吗？是怪罪道旁树吗？

从此，国道的两旁一片空白，如断流的河床，让岁月干涸。

直至三四年前，才有人收拾荒凉——种上会开花的道旁树。只为景观，不为盈利。

久违了。国道的紫荆，在这个冬天开花了。空气似乎从未如此清新。寒风里，花香阵阵，淡淡的，清甜、清香，扑鼻而来，透心透肺。一树一树的花，蓬蓬勃勃，鲜艳欲滴，那两两相对的花瓣，散发着灼灼光芒。开车平视前方，眼角的余光，被鲜亮的花儿填满了，总让人精神为之一振。

没想到，紫荆花也不畏严寒，与梅和菊一样，愈冷愈艳，愈冷愈精神，这边谢了那边开，绵绵无期，生生不息。但愿，这些开花的树，不再被人指手画脚，就这样，稳稳当当地守着道路。

冷风中，花儿瓣瓣，飘飘洒洒。有的飘在路肩，有的飘落路沟，有的还不小心地飘进车里，如调皮可爱的小孩，带来一车欢乐。这些花，每天含着晨露跟我一路招呼不停。我想，如果那个同学地下有知，也会开心吧？如果那个领导回来看看，也甚感欣慰吧？

开花的道旁树，我们来往的精神使者。

2018. 2. 28《河源晚报》

# 江上鱼梁

　　"两岸青山相对出，一座鱼梁江上凸"，面对此地此景，我不禁篡改李白诗吟了出来。

　　山，是九连山脉戈罗峰，江，是东江支流新丰江。山脚下，江岸边，有一村落，原叫桐梓园，因全是肖姓，后又改叫肖屋村。近200户人家，跟其他村落一样，推倒了旧屋，建起了新楼。

　　但又跟其他村落不一样，是渔村，世代以捕鱼为生，游弋于新丰江上。准确说，不必游弋，只在村前"守江待鱼"，鱼便源源不断撞入"枪口"。

　　这"枪口"，就是鱼梁。鱼梁为何物？现代人，包括其他地方的渔人，也许一无所知。我也一样——若我不到肖屋村。百度搜索，释义却寥寥：筑堰拦水捕鱼的一种设施，用木桩、柴枝或编网等制成篱笆或栅栏，置于河流、潮水河中或出海口处。

　　这种捕鱼设施（工具），或可上溯到先秦时期，《诗经》中有"勿逝我梁"之句。《毛传》解释说："梁，鱼梁。"唐代散文家柳宗元的《钴姆潭西小丘记》有提及："潭西二十五步，当湍而浚者为鱼梁。"宋代诗人陆游在《初冬从文老饮村酒有作》也有诗云："山路猎归收兔网，水滨农隙架鱼梁。"

但具有如此悠久历史的鱼梁，时至今日，却几近绝迹。

听到那个肖屋村仍使用鱼梁捕鱼，我是多么地兴奋，立即驱车前往，一睹为快。

连平县城到肖屋村，一半路程是国道，一半是县道，路宽道直，30多公里，半个小时即达。一路田野绿、山坡青、楼宇新，确是田园好风光。到达肖屋村，更是美不胜收。新丰江横贯村前，活像飘飘哈达挂于胸前，偶见"小小竹排江中游"，又见江滩中人头攒动。挤过去看，正见滩与滩之间的河床，有一座U形建筑体，原来，这是鱼梁。"U"的边长，三四十米，用藤条织的筐装石头筑成，"U"宽二三米，前宽后窄。可说，这是一个长长的"U"字。"U"口正对着湍急江水，"U"里面是用竹网（形似竹排）铺成，前低后高，形成约1米的落差。在竹网前方两侧，各留两个大孔。当鱼逆流而上时，遇到阻挡，就会沿大孔游入，遇前方急流，随即被冲到微微翘起的竹网上，水漏出，鱼则留在了竹网上。我没想到，鱼梁的结构竟那么复杂，包含着水文学、建筑学等多种学问。可见，肖屋村先民的智慧。

那天，刚好雨后天晴，江水上涨了，但并未漫漶，正适宜鱼梁捕鱼。来观赏的游客络绎不绝，连村道都车水马龙了。两滩上人头攒动，甚至连"U"边上都站满了人，场面壮观而震撼。江水不断冲击"U"口，鱼也误打误撞地游进来，小鱼找到了出路——从网格漏下去，溜走了。大鱼却怎么也出不去，白花花的在竹网上活蹦乱跳，无处可逃。哈哈，如瓮中捉鳖。每进来很大的鱼，或很多的鱼，都会引来观众一阵又一阵欢呼，尤其是小孩子，激动得也想跳下去和鱼一起活蹦乱跳。村民也很慷慨，允许观众下来体验捉鱼的快乐。还可自行挑选，现场买鱼。那鱼可鲜美了。想想，在茫茫万绿湖遨游的鱼，哪有不鲜美的道理。

鱼梁捕鱼，是有条件限制的，江不大不小，且须建在水流合适的滩头地带，江水太缓、太急、太深或太浅都不行。肖屋村可谓得天独厚。它属新丰江中上游，每年清明节前后至农历七月，下游新丰江水库（即万绿湖）的鱼溯流而上，正是捕获好时节。

我原以为，鱼梁捕鱼，那对鱼该是一种怎样的伤害。其实不然，它是那么环保那么生态的一种捕鱼法。那些疏大的网格，就是留给还未长大的鱼一条生路。而不像我们在别处曾看到过的，电鱼，炸鱼，药鱼……置鱼于断子绝孙。也许，正因为如此，500多年来，肖屋村民便一直沿用这种古老的捕鱼方式。他们传承的是念想，是文化，更是精神。

2018.8.21《南方日报》

# 上坪， 愿您桃花依旧笑春风

这是连平县的上坪，被称为"鹰嘴蜜桃之乡"的上坪。曾经，这里群山逶迤，河溪清流。曾经，这里桃花遍开，桃果溢香。曾经，这里楼房林立，农人笑语。

只因，那场暴雨，那袭洪水，如梦魇，如牛魔王，如芭蕉扇，把风景如画的上坪搜刮得满目疮痍，遍体鳞伤。

人们不会忘记 2019 年 6 月 10 日这一天。

这一天，上坪在咆哮，在吼叫，在撕心裂肺。沿河两岸——小水村、古坑村、旗石村、新镇村、东南村、东阳村、布联村、下洞村、新陂村等，新楼被淹，古屋倒塌，桥梁冲毁，道路断裂，山体滑坡，水、电、通讯中断，庄稼没了，桃子没了，甚至，也有人没了……上坪，瞬间成了孤岛，成了黑洞。

我最早得知这个消息，是 9 点多，在朋友圈的视频。画面是浑浊的河水蔓延上岸，直向桃园、屋舍汹涌奔去。声音是一个妇女颤抖的尖叫声："古坑发大水啦。"我在评论处问朋友，是否在现场？注意安全。但没得到回复。大约过了一个多小时，再翻看微信，看到各群里还有上坪其他村发大水的照片或视频。大水漫上两三米高了，砖瓦房只露出了个黑黑的屋顶，楼房也差不多淹到二楼了。不见人，只听到求救声：快来救我们！

之后，再没有新照片或视频出现了。微信群里，朋友圈里，只重复转发之前的，几乎人人都在转发，呼吁着，祈祷着，揪心着。此中也有人乱转，转几年前别处的，壮观或惨烈的画面，他们唯恐天下不乱。

中午，我做饭都时不时捧起手机，希望看到有领导、有士兵在现场抢险的画面。我们这些身在外镇的百姓，暂时只能微信关注灾区灾情，但微信里铺天盖地的，仍是原来画面。问候几个身居上坪的朋友，也杳无音讯。直到下午，才看到个别新画面，那是相关部门领导、武警官兵战士、消防员、电力工作者、医护人员的身影。其实，他们第一时间已经赶到了那里。是没信号，更是无暇顾及。浩浩急流，汤汤黄水，他们全身心投入到解救被困群众中。看他们的表情，比被困群众还焦急。其中有一张民警咬紧牙根奋力把老人抱上冲锋舟的照片，还有一个消防员吊着绳索游向对岸救人被洪流差点冲走的视频，看得我胆战心惊，泪流满面。我忍不住转发到朋友圈，发自内心地向他们致敬。不一会儿，就有上百个微友点赞。这是我所发朋友圈获得最多的一次点赞。

当天晚上，雨仍不停地下，但并未阻挡外援救兵的脚步，也未阻挡各界人士输送物资的热情，他们跋山涉水，国道不通走高速，高速不通走山道。

第二天，洪水退了，通讯抢修好了。上坪的几个朋友终于回复了信息：人没事。但看他们发来的照片或视频，一片狼藉，惨不忍睹。他们，无家可归，被安置在地势较高的上坪中学。一切安慰的语言都是苍白的。留得青山在，就好。

天灾无情，人有情。多少个人，多少团体，他们自发地捐钱捐物，把一车车的急需物资亲自送达各个安置点。其中有两幅照片，无数人转发。一幅是，一个耄耋之年的老妇人，自己身体不好，便派人请工作人员上门来帮忙搬运打包好的衣物，并把自己的伙食费 300 元捐了。另一幅是，河源市退伍军人志愿者服务队40 多人送来价值数万元的急需物资，并冒着大雨帮助当地群众清理淤泥，以实际行动援助灾区的重建工作。后来几天，陆陆续续地，很多人加入了志愿者或义工行列，为灾区重建复产工作出力。我的一个朋友，陈老师，上坪人，也在上坪教书。她家也被洪水淹了，淤泥两尺多厚，所有家什报废，但她无暇顾及自家，一心扎在安置点，管理灾民的寝食以及心理疏导工作。我还有一个朋友小侯，是外来媳妇，她家在几十里外的另一个镇，听到上坪水灾，便扔下地里的农活，丢开猪圈里的几十头猪，把三个小孩交给邻居照顾，天天搭公交车来回，早出晚归，帮忙灾区清洁工作。她的脚趾溃烂了，喷喷消毒水，忍着痛，又继续铲淤泥，搬杂物。灾民谢阿姨看到她这样，都忍不住哭了。

灾后第五天，即 6 月 15 日，星期六，天终于放晴，烈日当空，各单位组织人员前往灾区做义工。在一灾民家门外，看到一片被淤泥和垃圾压倒的桃树，即将成熟的桃子脱落满地，我心里非常难过。当我深入其中时，突然发现有一棵桃树挺起了枝干，并长出新的叶芽。我感到不可思议。几天而已啊，生命力竟如此顽强！再看看它的主人，一身泥巴，正忙着给我们递水。太阳照在他黝黑的脸上，油亮亮地反光，光里透着笑容，如绽开的桃花。我好像看到了一片桃花，心里不禁默念：上坪，愿你桃花依旧笑春风！

2019.6.19《河源晚报》

# 龙舟赛·赛龙舟

　　每至端午，各地龙舟赛风起云涌，激动人心。那声声的击鼓、呐喊，把我引向了小时候。

　　小时候，我最喜欢的便是赛龙舟。

　　我们玩的龙舟，并不像赛场上的龙舟，有龙头、龙尾，色彩艳丽，真如龙。我们的龙舟，其实就是小小的竹排，竹排的一端稍稍上翘，有点像龙头而已，只能说是土龙舟。

　　端午到，龙舟水就到。于是，我们像大人们盼着春天一样盼着端午，盼着"搞水"。老家说的"搞水"，就是游泳。我们下河游泳，花样百出，边游边玩，赛龙舟便是必玩的节目之一。

　　"五月节，搞水唔生疖。"老家的习俗，在端午节这天，小孩子都必须到河里搞水，才不会生疖。不知为什么，那时的小孩子，热天一到，个个都容易长痱子，生疖子。那些又红又肿最后化脓的包块，就是疖子，疼痛不说，还令人恶心。我不知道搞水对生疖是否有疗效，但能被大人们允许搞水，那可是天大恩赐，个个兴奋得如小鸟出巢，呼啦啦地往屋前的小河奔去。

祠堂后壁保管室的竹排，不知被谁搬到河边了，静候我们到来。突然发现，小河变胖了，胖成大河了，大河赛龙舟才有意思呢。我们争先恐后跃上竹排，竹排摇摇摆摆地荡漾出一河的欢笑与尖叫。比赛开始了。只有一根竹篙，只能一人撑，逆流而上，轮流进行。大头虾是我们的老大，比赛秩序由他说了算，撑得快者久者为胜。女孩子力气小，不用撑，只为撑者鼓劲加油。有那么一次，我哥也参与了。轮到我哥撑了，我拼命地喊加油，激动地站起来，凭空使着劲，好像撑竹排的不是哥，而是我。结果失去平衡，掉进河里，喝了几口水。我急忙抓住竹排，就要爬上来时，没想到整个竹排被我抓翻了，全部人掉进了河里。不过，没有谁怕掉进河里，掉进河里也不怕。不一会儿，全又爬上了竹排。

我们是河边长大的孩子，个个都像滑溜溜的鲶鱼，在水里钻来钻去，穿梭自如。我们谁也记不得什么时候学会游泳的，好像那是自然而然的事情，跟着哥哥姐姐们下河，先在浅水处游，游着游着就会了。但如今老家的孩子，几乎没有会游泳的了，更别说赛龙舟。屋前那条小河，不再是以前的模样，如耄耋老人，枯瘦的身子，浑浊的眼睛，龙舟水也无法救赎。河的浅处，干涸成路，而深处，只是一潭深不见底的死水，险象环生。因此，大人们是绝不容许孩子下河游泳的，学校也再三强调安全问题。可不知为什么，溺水事件仍时有发生。

如今在老家，既无法亲自赛龙舟，也看不到别人龙舟赛了。至于清溪醒河，至于龙舟（竹排），只存活在我们记忆中。即使讲得天花乱坠，孩子们也不知它们为何物，只当"听妈妈讲那过去的事情"。他们的世界，全在电视、电脑、手机上，看似丰富、精彩，却隔着无法抵达的屏障。

有幸，去年端午，和孩子一起，在河源市区的新丰江畔领略了一场龙舟赛。宽阔的新丰江，龙舟水依然一碧千里，几只细长狭窄的龙舟吸引了众多目光。那是职业赛，每只龙舟首坐着鼓手，舟尾掌着舵手，舟身两排桨手每人一把短桨，队服统一，动作整齐，训练有素。比赛开始了，江中传来"咚咚咚咚"的鼓声，选手们"嗨吆，嗨吆"的呐喊助威声也随之响起，整齐划一，富有节奏。不一会儿，龙舟的快慢显现出来了。那真是激动人心的时刻。观众似乎比选手还激动，还紧张，身体向前倾，打着划桨的手势，使出吃奶的劲儿，喊"加油，加油"。我似乎看到了我和哥的影子。

其实，如此壮观激烈的龙舟赛，我还是第一次观看。总觉得，我们那时的土龙舟，土赛法，更是妙趣横生。

我专注看比赛，女儿专注看我。看到我激动得不成体统的样子，便不解地问：有那么好看吗？

她怎懂呢。

2019.7.23《河源日报》

# 杨梅， 银梅

杨梅熟啦。

朋友圈里，好几个微友晒杨梅，且出自同一地方——连平县陂头中学。

校园里长杨梅，除陂头中学，在我有限的所涉足过的学校，还真没有。一般来说，中小学校园是不种水果类植物的。想想，自制力欠强的中小学生，看到诱人可口的水果，爬树偷摘在所难免，这便涉及安全问题。万一有什么问题，那都是学校问题，学校须担责。多一事不如少一事，干脆，免责就免种吧。

而陂头中学，不担心出现此类安全问题，也从未出现过此类安全问题。杨梅，安安静静地挂在杨梅树上。学生，安安静静地站在杨梅树下，或读书，或唱歌，或嬉耍，偶尔抬头望望，对着杨梅笑。

陂头中学的杨梅，已有几十年历史了。陂头中学的前身，叫"银梅中学"。我一直以为，陂头人叫杨梅为银梅，杨梅就是银梅，是同一种果树。直到去年参加"文学进校园"活动，较深入地去了解陂头中学后，才知道杨梅是杨梅，银梅是银梅，两种截然不同的植物，两种植物都在校园里蓬蓬勃勃地生长着。

银梅比杨梅历史更长，与学校同龄。银梅中学创办于1945年，由国民党元老、著名书法家于右任题字。原来，银梅是明清时陂头的地域名，既然有银梅这种植物，那就在银梅中学栽上银梅吧。一株株的银梅，分种在校园的各个角落。每到早春时节，洁白晶莹的银梅花傲立枝头，似冰挂，愈冷愈挺拔，有如银梅中学的莘莘学子，在求学路上锲而不舍、奋发进取、顽强拼搏的那种劲头。

这是一所具有深厚历史文化沉淀的学校。70多年，浮浮沉沉，从几易的校歌，可见一斑。建校之初，银梅中学教师梁焯辉先生（中国体育界知名人士，世界乒乓球冠军容国团的教练）为学校创作了《银梅校歌》："群山苍苍，流水荡漾，太阳高照我银梅，发射出千万道光芒，啊，银梅！我的亲娘，愿你美的血乳贯注到我们身上。新生的祖国，还是遍体鳞伤，建国的责任，落在我们身上。自由之花，大地开放；自由之神，天空翱翔！"1995年，50周年校庆之际，陂头中学校友谢福南（原连平县教育局教研室主任）作词谱曲《陂头中学校歌》："吸吮着银梅树下甘甜的泉水，沐浴着九连山和煦的阳光，园丁在辛勤浇灌，桃李代代芬芳！肩负着历史使命，满怀着民族希望，勤奋、求实、严谨、创新，祖国的明天，我们再创辉煌！"2015年，为出版70周年校庆纪念画册，请广州星海学院杨晓教授重新作词谱曲《银梅中学校歌》："群山苍苍，流水荡漾，太阳高照我银梅，发射出千万道光芒。啊，银梅银梅！我的亲娘，愿你美的血乳贯注到我的身上。

啊！伟大的祖国，哺育我们成长。报国的责任，我们一定担当。银梅之花，傲雪开放；银梅学子，展翅翱翔！"

个别歌词改动，足见时代进步，祖国富强。如今看到的陂头中学，比建校之初大几十倍，位于有"小桂林"之称的陂头峒中心，坐西向东，面朝三台山，背依九叠嶂，陂头河自南环校而西，环境幽静，是个读书的好地方。首任校长李心钧曾赋诗："弯环一水面三台，春风桃李满径栽。赢得情深怀白也，梦魂长始绕银梅。"时代在变，初心不变。建校之初的那排泥砖黑瓦校舍，依然完好无损地活在校园内，活成宝贵的文物，活成后人的榜样。只可惜，首任校长李心钧没能活到现在，他笔下的银梅也没能活到现在。没人知道银梅的寿命多少，只知道银梅的成活率很低很低，不像杨梅。现在办公楼前"银梅园"的银梅，都是后来陆陆续续栽种的。杨梅，在粤北山区，随处可见，有土就能活。

据说，陂头中学有40多棵杨梅，是土生土长的山（野）杨梅，树高，枝繁，叶密。圆圆实实的小果子，颜色有的鲜红，有的红中带紫，正如宋朝平可正诗云："五月杨梅已满林，初疑一颗值千金。味比河朔葡萄重，色比泸南荔枝深。"轻轻咬一口，水津津，汁水沁入肺腑，酸酸爽爽，顿觉神清气爽。

这样的杨梅，不也是陂头中学师生们的真实写照吗，平凡朴素，坚忍不拔，孜孜以求。

如果说，银梅不仅仅是一种花卉，那么，杨梅也不仅仅是一种果树，我认为，它们都是校园的主角，是一种精神，一种文化，在陂头中学薪火相传。

**2019. 8. 6《河源日报》**

# 家乡有条中山路

这条路，也叫中山路，水泥铺就，敦厚，平实，洁净，崭新，却不长，不像广州的中山路，从一路到八路，它只有三四百米长。也不像南京的中山路，声名显赫，专为迎接孙中山先生灵柩而建，风景亮丽，有参天的法国梧桐，有典雅的民国建筑，它却默默无闻，普通如常。也不像厦门的中山路，繁华热闹，直通大海，与美丽鼓浪屿遥遥相对，它却在深闺人未识。

这深闺，是我的家乡，是偏远的山村。

有人说：有多少城市，就有多少中山路。除了说很多，还说的好像城市里才有中山路。没想到，粤北山区连平县上坪镇也有中山路。

可说，它是最新的中山路，今年 7 月建成。

今年 6 月，连平县上坪镇发生百年不遇的洪灾。因连续数日暴雨，江河水涨，在 6 月 10 这天上午，河水突然如魔鬼，瞬间扑上岸堤，张牙舞爪，把沿岸十几个村庄撕咬得遍体鳞伤，满目疮痍。新楼被淹，古屋倒塌，桥梁冲毁，道路断裂，山体滑坡，水、电、通讯中断。其中下坪村受灾尤为严重，石陂大桥坍塌，通往下坪联办小学的道路也被洪水彻底冲毁，完全阻断了学生上学之路。

天灾无情，人间有爱。相关部门领导、武警官兵战士、消防员、电力工作者、医护人员等等，想尽各种办法，动用各种交通工具，第一时间奔赴受灾现场，全身心投入到解救被困群众中。浩浩急流，汤汤黄水，他们毫无畏惧感，有的是焦急，比被困群众还焦急，一个个吊着绳索游向对岸去救人。更令人感动的是，洪水并未阻挡外援救兵的脚步，也未阻挡社会各界人士输送物资的热情，多少个人，多少团体，他们自发地捐钱捐物，把一车车的急需物资亲自送达。他们跋山涉水，国道不通走高速，高速不通爬山道。陆陆续续地，很多人加入了志愿者或义工行列，冒着大雨帮助当地群众清理淤泥，为灾区重建复产工作出力。

这当中有一个团体，让灾民尤其是师生万分感激。这个团体叫"中山市客家商会"。会员们秉承公益慈善情怀，弘扬孙中山先生博爱精神，第一时间筹集善款30余万元。他们认为，没有比孩子上学读书更重要的事了，于是，把其中20万元专款用于修建石陂通往下坪联办学校的道路。

此道路，10年前已硬底化，由沙土小路变成水泥村道。但被洪水冲毁后，已分不出哪里是田、哪里是路了，淤泥、沙石、垃圾混杂一起，土丘与坑洼横七竖八，令人不堪入目。中山市客家商会代表亲临现场时，无不唏嘘，无不难过，当即拍板，要尽快修好此路！

在修路过程中，中山市客家商会又多次派代表上来慰问。中山到连平，300 多公里，他们不顾舟车劳顿，急急赶往现场，给予物资与精神的关怀，并亲自指导、监督，使道路得到高质量保证。终于，经过施工队一个多月夜以继日的奋战，从 105 国道至下坪联办小学 300 多米远的路，变成了如今最美的村道。平坦、厚实且拓宽了一倍多，成为如今为数不多的双车道村道。

为使后辈谨记特大洪灾的景况，感恩中山市客家商会的善举，继承和弘扬孙中山先生的博爱精神，灾民及社会各界一起商定，将此路定名为"中山路"。

开学后的一天，我被派往下坪联办小学听课，小轿车从 105 国道上来，驶过这条路，车连一点震荡声都没有，堪比机场路，令我惊讶。更惊讶的是，路左旁的田野满是绿色，浓浓郁郁的绿色，望不到边际的绿色，那是水稻，长势正旺。路右边的河水清澈见底，缓缓流淌。这片土地，几乎看不到洪灾的痕迹了，又还原了一个风景如画的"鹰嘴蜜桃之乡"。

学生放学时，排队出校门，踏上这条路，蹦蹦跳跳，嘻嘻哈哈的，令我为之动容。我想，这条中山路，是爱心之路，学习之路，更是精神之路，梦想之路，希望之路。

2019.12.6《河源日报》

# 云上看桃花

"春眠不觉晓，处处闻啼鸟"，自大年初一至今，我真如"春眠"，"啼鸟"关在窗外。突然有一天，冷空气被春风扫开，阳光再现。

春天，在我的朋友圈里。

朋友圈的桃花红得晃眼。一朵两朵，一棵两棵，一片两片，朋友的桃山。那么熟悉。连平桃花开了吗？二月桃花开，三月桃花红。猛然惊醒，竟不知今夕何夕，忙手机找答案，三月初了，桃花应盛开。

往年此时，我如蝶如蜂，置身桃花丛中，嗅嗅这棵，又蹦向那棵，绕着攒动人头，嘤嘤起舞。忘情处，以为自己就是一朵桃花，"人面桃花相映红"，春光明媚，笑声爽朗。

十里桃山，万亩桃园，漫山遍野，都是桃花世界。一棵挤着一棵，一片连着一片，如纱帐起伏，又如红霞袅娜。每一朵，都那么富有生机，那么水灵，那么晶莹，那么灿烂。花美，人佳，心悦。

这个"世外桃源"，吸引了一拨又一拨游客。往年此时，连平是沸腾的，跟全国景区一样，高速路口，国道，省道，乡道，田埂，山径，车挨车，人挤人，所有的民宿，客栈，饭店，酒楼，也是如浪如潮，涌进涌出，被塞得"才下眉头，却上心头"。但如今想来，正如网上某个段子说的：繁忙喧嚣更令人心安，即便旅途拥堵也幸福。

红红火火的桃花，红红火火的日子……

疫情还未消散。虽然，我与桃山的距离只有 20 公里，但仍不敢贸然出行。那蠢蠢欲动的心，就像惊蛰地底下的昆虫。是啊，惊蛰到了，昆虫钻出洞了，而我，只能在自己的窝里转身，伫立阳台，遥望"桃之夭夭，灼灼其华"。遥想，那年，我和闺蜜，在那个桃花山，数着桃花，寻觅最大最艳的那一朵，是桃花怀春，亦是少女怀春。那年，我和爱人，在那个桃花山，亲着桃花，情深深，意切切，互诉三生三世的姻缘。那年，我和几十个同学，在那个桃花山，围着桃花，聚集成圆，同唱《同桌的你》，余音袅袅，返璞归真。那年，我和十几个远方文友，在那个桃花山，念着桃花，一步三回头，共赴桃花宴，共吟桃花诗。那年，我和一帮桃农，在那个桃花山，护着桃花，唱起客家山歌，跳起摘桃舞蹈。那年，在那个桃花山……

一树花开时的惊艳，曾引来了多少的驻足围观？可这个春天，新冠病毒，阻隔了人们的捧场。

也许，美，出自于智慧。这个春天，在云上——连平首次举办了"云上桃花节"，通过网络直播，让人们欣赏桃花海洋的壮观与美艳。

云上看桃花，多么有创意。600万人次线上围观，包括我。高清的画面，远景，近景，漫写，特写，移过来，推过去，桃花山，云雾缭绕，红艳艳的桃花，似真似幻，确实让人震撼。

我突然想起某些诗："你来，或不来，我都在这里。""生命，就是一场不留余地的盛放。"桃花，跟往年一样，生机勃勃，不管有观众，还是没观众，它都不以人的意志为转移，一样开得纷繁，开得娇艳。

只是，云上看桃花，真有踩在云上的虚空之感。我宁愿再次把视线，从阳台放射出去，把往年的桃花装进心里，祈愿，人与自然和谐相处，待来年桃花开，我站在桃花山上。

2020.3.9《河源日报》

# 围里围外

　　我的老屋，是客家围屋，"三堂两横"结构，由堂屋、横屋、花台、禾坪、半月池塘等组成，具典型之客家民居建筑风格，上世纪 80 年代以前，在客家地区随处可见。

　　如今，并不多见了。很多已被岁月侵蚀，或坍塌，或拆除，或重建。我村围屋也消失了。还好，隔村叶姓有个围屋，保存完好，让我的记忆能落脚。每每回娘家路过，我都要扭头看看它。看到它，就像看到了自己的童年，看到流鼻涕的伙伴，看到驼背的奶奶，看到迈方步的老水牛，看到如伞盖的榆树。一切那么切近，又那么遥远，恍若昨日，又如隔世。

　　时值暑假，趁闲暇又回娘家去，载上女儿。路过叶氏围屋，我忍不住停了车，领女儿进围屋里面瞧瞧。千禧年出生的女儿，未见过我村围屋。我告诉她，我童年住的围屋，跟这个围屋一个样，只是祖宗不同（不同姓氏），这是祠堂，以前多功用的，热热闹闹。如祭拜祖宗，老人谢世，男儿娶亲，闺女出嫁，生儿满月，都在这儿举行。生产队召集开会，学校扫盲上课，也在这儿举行。"现在还有这些功用吗？"女儿好奇地问，却把我问住了。我不知道，他们是否传承下来。想必，也已简化了，跟我村一样。如红喜事，上酒楼。白事，在自家。眼前，偌大的祠堂，只见祖宗牌位前干净的香炉，只见墙壁上捐款修缮祠堂的名单，只见天井如米小的苔花，除此之外，就是朱红的横梁，朱红的石柱，朱红的屏风，朱红的木门，干干净净，冷冷清清。给人感觉庄严，甚至阴森，以致女儿不敢随我深入。而我却倍感亲切，祠堂在，族魂就在。

　　我拉着女儿走向横屋。从祠堂中厅巷道横穿过去，就是横屋，从左巷道过去就是左一横，从右巷道过去就是右一横，以祠堂南北子午线为中轴，两横呈对称，前低后高，主次分明，错落有序，布局规整。记得我家住右横最前面，有大门，有门径（廊），有与祠堂共堵墙的卧室。据父亲说，当时我曾爷爷是大户人家，大户人家才有资格住此处。这是整个围屋最好的住处，相当现在某个楼盘的楼王。父亲每每说起总是一脸自豪。我现在向女儿说起也一脸自豪，好像这个围屋就是我曾住过的围屋。这是门墩，这是门闩，这个大墙洞是狗窦，这个小墙洞是猫窦……我热情高涨兴致盎然眉飞色舞滔滔不绝地向女儿讲解。成年的女儿，却并不买账，瞄她手机要紧。后来想想，便也释然了。她的童年，她成长的足迹，是电视、电脑、手机，是钢筋水泥楼房，步梯的，电梯的，从小县城到大都市。这些老旧的、斑驳的古屋古物怎能吸引她呢。我只是自我陶醉罢了。事实上，眼前的围屋是空的，所有人都搬离了围屋。

　　同是空了的围屋，同是砖瓦结构的围屋，同是交织着如此多年月的围屋，为什么有的越来越结实，如眼前这个围屋，而有的越来越颓败，直至消失，如我村围屋？我脑海不知怎么就跳出这么个问题，心里一阵烦乱，急匆匆走了出来。

　　出到围屋外的晒谷场（客家人叫"地堂"），一片开阔，发现地堂两头各安装了一个篮球架，地面铺了塑胶，成了篮球场。靠近半月池塘这边，还筑起了一个有三级台阶的舞台，台墙正中刻着"文化广场"四个鲜红大字。据说，每晚都有农妇来跳广场舞。靠近围屋这边，有一排运动器材，如乒乓球台、跷跷板、滑滑梯、踩踏车、拉手杠等等，此时正有一些小孩在玩，玩得不亦乐乎。女儿也忍不住跑过去，加入他们行列，成了大小孩。地堂四周还安装了多盏太阳能照明灯，使得黑夜宛如白昼，俨然城市的某个文化广场。地堂，以前仅用来晒谷的，如今却有了那么多功用，这是以前连想都不敢想的啊。

　　晒谷场前的半月池塘（客家人叫"塘水"）沿边也安装了不绣钢围栏，谨防小孩落水。池塘没有养鱼，而是种上了荷花。此时正"灼灼荷花瑞"，吸引了好些游客。池塘正前边，是一望无垠的绿油油的稻田。围屋背后，是起伏的山丘。山丘脚下即围屋两旁，便是高低大小不一的一幢幢楼房，以及一条条宽敞笔直的水泥村道，还见一些摩托车和小轿车穿梭其中。我发现，有些住宅楼改装成家庭式的民宿或饭店了，这是时下农村的新生物。

　　围屋，新楼，物质，精神，和谐依存，喜新不厌旧，有继承，有创新，既现代，又古朴。"绿树村边合，青山郭外斜"，千年后的今天，此村依然有这样的景致，这应该是时下"乡村振兴"最好的展现吧。

这样的乡村，才能留下念想。

**2021. 1. 12《南方日报》**

# 舞牛歌

"正月花来正月花，新做门楼新厅下。新做柱头排瓦角，瓦角排成牡丹花……"

歌声从挑花篮村姑嘴里蹿出，深沉、缠绵、悠远，就像眼前的围龙屋，苍老却弥新。

这村姑，是我的婆婆，耄耋之年了，竟还能上台表演。

表演的节目叫"舞牛歌"。

听婆婆说，春节期间，村里以"脱贫攻坚"为主题要搞一场文化活动，就是篮球赛和文艺表演。婆婆要我们回老家过年，说她表演舞牛歌，给她捧捧场。

两年没回了，发现村子焕然一新：村口的牌坊高大上，主村道两旁楼屋外墙统一成浅咖啡色，一路干净而亮丽。我婆家经济社古老的围龙屋还在，墙刷新一白，瓦换作琉璃瓦，门楼柱头厅下（祠堂）都整修了一番。更让人眼前一亮的，是围龙屋前的晒谷坪（客家人叫"地堂"）。曾闲置十几年的烂旧地堂，现变作了崭新的文化广场。地堂两头，各安装了一个篮球架，地面还铺上塑胶，成了篮球场，四周还安装了多盏太阳能照明灯。靠近半月池塘这边，还筑起了一个有三级台阶的大舞台，台墙正中刻着"文化广场"四个鲜红大字。

文化广场上，呐喊声，锣鼓声，欢呼声，声声震天，热闹异常，不亚于城市文化活动。篮球赛，是近几年春节兴起的乡村文化活动，之前是在村小学球场举行的，现在搬这里来了。舞牛歌、广场舞等文艺表演，是穿插在篮球比赛中，相当于 NBA 比赛休息间隙篮球宝贝表演节目。

多有创意。文体结合，新旧交互，古老与新潮，传统与创意，相得益彰。尤其是舞牛歌，我有所闻却未所见。

舞牛歌沉寂太久了，现要复活，谈何容易？还好，以前的村文艺宣传队队员还有几位健在。我婆婆就是其中之一。

以老带新。婆婆说，再不传教，就彻底荒废了，消失了。

舞牛歌本是旧时官方举办的春耕春播仪式，后搬到春节民间舞台上了。艰苦的劳动，赋予诗意化，就像现在流行的一句话：生活不只是眼前的苟且，还有诗和远方。舞牛歌，就是农民的诗和远方："打起锣鼓响悠悠，人家舞狮我舞牛，人家舞狮得快乐，捱地（我们）舞牛庆丰收。"

篮球赛中场休息时，舞牛歌闪亮登场。舞牛歌以采茶舞的表演形式，用客家山歌的唱腔，锣鼓等打击乐伴奏，由双人钻进竹木制成的牛肚里合演牛，时而方步稳健，时而趔趔趄趄，摇头摆尾，憨态可掬，似乎是在接受人们的赞颂。

牛前面有一牵牛人，抚摸着牛，抚摸一处，便唱一段："摸摸牛头摸牛耳，农家耕田全靠你；摸摸牛头摸牛眼，薯粟豆麦粮增产；摸摸牛头摸牛尾，耕夫步步紧相随；摸摸牛头摸牛身，风调雨顺好耕耘；摸摸牛头摸牛脚，不愁吃来不愁着；牛儿是个农家宝，生活改善家家好。"动作滑稽，神态却深情，让人忍俊不禁。

牛后面有一农夫，扶着犁耙，手扬竹鞭，作犁田状，唱道："牛鞭一挥响赳赳，阿哥上场舞黄牛。上古传下黄牛调，捱（我）也唔（不）知几春秋……"农夫赶牛、犁田、耙地等动作要求必须十分逼真，稍有破绽，观众就要唱歌来讥讽："手拿金花金黄黄，犁田大伯唔在行，丁丁园园（一圈圈）犁紧转，样般（怎么）中间唔开行。"农夫随即接过话头，逗趣作答："锣鼓打来闹洋洋，老兄讲得也在行。系你唔知捱心意，留出中间做鱼塘。"演员和观众由然互动，互相逗乐，互相打趣，充满着农家热烈而又和谐的气氛。

后面还有三个挑花篮村姑，那是婆婆带着两个年轻村姑，绕着牛袅袅娜娜地舞蹈。婆婆毕竟年岁大，跳得不尽养眼，但唱功不差，负责唱。每绕三圈，便停一次，唱一曲，唱《十二月·长工》："正月十五起长工，手巾一条鞋一双，人人问捱去奈（哪）里？捱去出门做长工。……十二月长工大可怜，手拿包袱转过年，爷娘看见多欢喜，打开包袱冇个钱。"唱《十二月·花》："二月花来二月花，二月竹笋正生芽，清明前后拗竹笋，立秋处暑倒竹麻……十月花来十月花，姜公九代不分家。门前种有千年竹，和气团圆共一家。"先唱忧，后唱喜。

现场爆棚，春节气氛前所未有的浓厚。舞牛歌，很乡土，却融满农民智慧。虽登不了像星光大道那样的大雅之堂，在乡下，却如此博得众人喜爱。尤其上了些年纪的观众，如孩子大姑妈所说，听到这些相关二十四节气和农事活动的唱词，就不禁想起老牛、田野、庄稼、山岗、河流……但读大一的女儿却没有耕牛记忆（老家耕牛已被铁牛替代了），咋舌地说好玩好玩。对舞牛歌的理解和认知，她或许能百度到，但那只是文字或图像的灌输。真正要记住牛，记住舞，记住歌，记住围龙屋，记住我们的根，春节的民俗文化活动尤显意义重大。于是我及时接过女儿话头："回去让奶奶也教你哟。"

他们演完下舞台时，婆婆竟手指向观众即兴加唱了一句："铁牛耕田突突响，蔬果满地谷满仓，铁牛耙地突突起，脱贫攻坚全靠你。"

掌声雷动。

2021. 2. 12《南方日报》

# 那时的 16 岁

16 岁，人生的花季。花艳，花香，花嫩嫩，一切向着美好。美好才刚刚开始，他就勇敢地去迎击暴风雨，不料遽然凋谢。

他，叫朱振汉。

这名字实在普通，又普遍。振汉，振汉，到大路上一喊，可能跑出一大串的振汉。但他人不普通，他写给母亲的遗书，刻在了纪念碑上，刻在了人民心里，永垂不朽。

他是这样写的：

我最亲爱的妈妈：

我这次写信给你是最后的一封信，也是最后一次和你谈话，你儿子的死是光荣的，为了全中国人民解放而死是有价值的。妈，一个人是没有两次死的，一个人一定有死，但有的死了是无声无息的。我想一个人生出来做什么呢？其最有价值的就是为了光荣的死。妈你或许认为你的儿子太不孝了吧？其实你应该欢喜，你有一个光荣的儿子。你辛苦抚育是有价值的。全中国的人民都忘不了你。好了，最后我希望你努力教育好伟汉仔，准备建设将来的新中国，并祝快乐！

小儿振汉

　　一字一字，写得那么质朴，那么实诚，有对母亲温情的慰藉，又有对自己真挚的勉励。字字如锤，铮铮有力，敲击着我的灵魂。

　　振汉，震撼。

　　连平人民永远也忘不了那场战斗——大湖狮子脑战斗。1948年11月15日，朱振汉所在的东江第二支队（原叫中国人民解放军粤赣湘边纵队）三团接到战斗命令后，立即在珠江、九江、桂林、云南等连队进行战斗动员，迅速掀起了为人民杀敌立功的热潮。其时，朱振汉任珠江队文化教员，他激情满怀，带头立下誓言写下遗书交上入党申请书。凌晨，战斗打响了。珠江队按预定计划，进入大湖狮子脑山的主阵地，担任正面阻击歼敌的任务。朱振汉和钢铁决死队的战士们一起，英勇冲锋，向狮子脑山前小山丘上的敌人机枪阵地猛扑。枪声，手榴弹爆炸声，喊杀声，震耳欲聋，硝烟弥漫，地动山摇。突然，敌人的机枪哑了，朱振汉抓准时机，像一只离弦的箭，立即向机枪扑过去。就在这时，一颗子弹从正面击中朱振汉的胸膛，鲜血染红了狮子脑山。

　　朱振汉，年仅16岁。

　　16岁啊。他的奶奶，他的妈妈，他的弟弟，望眼欲穿，等着他凯旋呢。爸爸在他7岁时就死了。现在他16岁了，是这个四口之家的顶梁柱，也是这个四口之家的全部希望。

16 岁，他已在省工业学校参加读书会主编的《新学风》油印小报出版工作；和进步同学一起进行反内战、争民主的政治宣传；和同乡青年组织革命读书会；积极和地下党取得联系，要求参加游击队。

16 岁，他毅然决然投奔游击区，从家乡兴宁，远走他乡连平，接受军事训练，学习军事技术。挑起文化教员的重任，教战士们断文识字，育战士们的革命意志和精神。教书育人，为人师表。

16 岁，他已上前线，白天掩蔽，夜晚行军，餐风宿露，吃野菜，啃粗粮，患疟疾也不哼一声，顽强地挺过来，打了几场胜仗。

16 岁，他主动要求参加最激烈的战斗，立誓言写遗书，带头冲锋最前线，视死如归。

16 岁啊，稚气未脱，身子单薄。

记得我的 16 岁，生活在和平年代，吃饱穿暖，有书读。但底色是辛苦。除读书，就是劳动。是干家务活的主力，是种田的助手。天天忙活，从未尝过玩和闲的滋味。但比之朱振汉，能算什么呢。

我的女儿，我现下教的那些学生，正值 16 岁。他们是温室里的花朵，衣食无忧，唯一任务就是求学。除上学读书，在家就是看电视，玩手机，热衷纷繁世界，却漠视身边人，不知谷为何物，不知钱从哪儿来。有的还向父母撒娇，身在福中却不认为福。

若朱振汉在天有灵，会作何感想呢？是欣慰，是忧虑，还是……

不禁想起那个年代朱振汉的同龄人，那些响当当的抗战英雄：刘胡兰、邱少云、董存瑞、黄继光……他们，能挑起国家大梁，面对敌人的铡刀，敌人的炮火，敌人的碉堡，不妥协，不畏惧，不怕死，心中只有一个念头：为了祖国，在所不惜！这是多么赤诚、纯粹而又坚定的信仰。

我还想起了参加广州起义的林觉民，那封写给妻子的遗书《与妻书》："当亦乐牺牲吾身与汝身之福利，为天下人谋永福也……"

朱振汉说："为全中国人民解放而死是有价值的。"

16岁。少年强，则中国强。

chapter
02

▼

浅浅履痕

第二辑

# 再见佗城

初见佗城，是 20 年前，在龙川县老隆镇求学时。

那时才得知，老隆镇是新县城，佗城镇是老县城，历经 2200 余年的沧桑。想想，2200 余年，那是什么概念？秦始皇三十三年，即公元前 214 年，秦南平百越，置龙川县，赵佗为令，设县治于此，便有了佗城。当时称龙川城，今人为纪念赵佗，故改称"佗城"。

再见佗城，是今年盛夏，20 年的同学聚会，其中一个节目，游佗城。

当佗城呈现眼前，我不禁讶然。20 年的记忆，已然模糊，只记得，佗城很古，有些脏乱，就像从远古走来的农夫，衣衫褴褛。而今，却像个从远古走来的艺术家，衣着整洁，古朴，别具风格。

首站游学宫。与中心小学并排的龙川学宫，一新一古。学宫的古，古色古香。大成殿、明伦堂、尊经阁，碧瓦朱檐，雕梁画栋，飞檐反宇，让人惊叹，让人流连。但，毕竟几经重建。吸引我的，是不远处的那株木棉，拥有320年历史，被当地人捧为神树。确实，这样的树，已不是树，而是神，奇形怪状的神，像侧卧静思的长寿老人，又像嬉闹天真的活泼小童；像顽皮可爱的攀爬灵猴，又像憨态可掬的健壮雪熊……活灵活现。还有，庭院里那三五株罗汉松，拥有131年历史。本是生长缓慢的罗汉松，活了131年，也只有一人抱那么大，但从皲裂的树皮，泛白的树干，坚挺的树枝，疏朗的树叶，足见它的古老，也足见学宫的古老与沧桑。

树，与屋同在，但往往，屋倒了，树还在。正因为把树当神来敬畏，树才得以长寿。树活，这个古镇就活。望着这些树，我鞠了一躬，不为树，而是为保护、敬畏树的人。

百岁街与其横连一起的中山街，是最值得走走的老街。据说，佗城有170多个姓氏，并留有各氏族宗祠。很多便集中于此。同学们哗啦地作鸟兽散，各自寻根觅祖去了。这些古祠堂，旧貌犹存。如刘氏宗祠，斑驳中透着古朴。如曾氏宗祠，堂皇中透着贵气。但它们的建筑风格，大同小异，属客家典范。而街两旁的店铺，属骑楼，民国时期的骑楼，保存得那样完整的骑楼。印象中，我只在广州看过那么完整的骑楼。时空穿越般，走在这里，如走在民国，自己好像就是民国一女子。

南越王庙也隐于中山街。作为纪念赵佗的庙宇，与其卓著功勋比，却显寒碜。跟大多数古祠堂一样，砖木结构，朴实端庄。但年代可能更久远些，据说，始建于北宋治平元年，距今900多年。庙门横匾"南越王庙"四字，以及镶嵌于后殿右侧墙上的碑记，均是清代乾隆年间重修所留下的了。只是我不知道，立于庙里的赵佗铜像，出自哪个年代。双手分置膝上，巍然端坐，凝神前望，似乎仍见他当年雄视东江之英姿。

到佗城，必看越王井，跟"不到长城非好汉"同理。越王井，岭南第一井。其貌毫无特别，却有着 2000 多年历史。可以说，佗城所有文物中，应数它最古老最完好了。赵佗在，井就在；赵佗不在，井仍在，"其迹如新"。同学们一窝蜂围上前，争相喝。其水如侧旁石碑《越井记》所述：清冽，味甘而香，万人汲之不竭。此水，喝出小时候的记忆。那时，每个村小组，都有这么一口井，都有点儿古老，都清冽，甘甜，取之不尽。时隔二三十年，短短的二三十年，或被填了，或干枯了，或变成一井不能喝的脏水了。突然想起，刚才走过的那些街道，每个店铺门前都摆放着一个垃圾桶，是店主自主、自觉从家里带来的垃圾桶。不像有些城镇，政府统一购置摆放的垃圾筒，三两天就被损坏，甚至挪作自家用。佗城百姓的此举，让游客自然而然自觉地把垃圾投进去。所以，到处干净、整洁。我想，越王井能一直保持那么好的水质，与这有一定关系吧？往往，一个细节，便可决定一个地方的品质、品位。佗城的老百姓，让我肃然起敬！

越王井的旁边，是科举考棚，始建于清光绪二年（1876），晚龙川学宫 200 余年（学宫始建于清康熙七年，即 1668 年）。如今，在全省范围内学宫、考棚并存的，仅龙川一家。所以，意义非凡。但我并未过多逗留此处，因天气闷热，又到聚午餐时间了。

末站是佗城影剧院。它位于学宫前左侧，我们只好原路返回。其实，第一次进入停车场时，第一眼看到的就是它，当年地标建筑，鹤立鸡群。"佗城影剧院"五字，遒劲挺拔，大气磅礴，是那样醒目。连两侧"文革"时留下的印记，也清晰如初，可想见当年的气派。记得儿时，我们镇上也有这么个气派的影剧院，可十几年前已消失殆尽，替而代之的，是高耸密集的商住楼。我们聚餐就设在影剧院，边吃饭边看电影，感受着古朴与沧桑，现代与时尚。这是多么与众不同的影剧院。沧海桑田，随着电视、电脑、手机的普及，当年繁荣的电影一度萎靡不振，影剧院便闲置起来。许多地方，尤其是一些小城小镇，从未想过"保护"二字。而佗城，却能很好地保护起来，古为今用，真是英明之举。正如立于广场的大牌匾所说，只有保"古"，才能"今"用。

　　佗城，这座千年古邑，古建筑、古树、古街、古井、古庙……这些交织着如此多岁月的文物，但愿越来越厚重，越来越结实，让游客的每一次再见，总有新的感触。

2016.12.1《河源日报》

# 此岸风景此岸念

　　每到槎城，总爱漫步沿江中路。那是不可不去之路，而且，百去不厌，正如白居易所说："最爱湖东行不足，绿杨阴里白沙堤。"

　　我的湖东，是新丰江畔。我的白沙堤，是沿江中路。此岸风景，如一幅斑斓的油画，让我流连忘返，让我碎碎念。

　　念音乐喷泉，念亲水步道，念茶山公园，念政府大楼，念花草树木，甚至，念过往的每一个人……

　　每晚 8 时，曾有"亚洲第一高喷"之称的音乐喷泉，如满怀期待的舞蹈演员，踩着优美旋律，准时开演。新丰江，便是她的舞台，那么宽阔，那么幽静，任由飘洒，尽情发挥。随着音乐节奏，她翩翩起舞，时而轻缓，时而欢快，时而柔和，时而猛烈。她那柔软的腰肢，她那秀美的长发，在数盏彩灯映照下，魔术般变成玉龙腾空，变成孔雀开屏，变成皇冠闪烁，变成彩虹飞架……流金溢彩，袅娜多姿，如梦如幻。音乐高潮时，她拼尽所有的力量，身怀绝技，饱含深情，烟花绽放一样，直冲云霄，气势雄伟，场面壮观。网上有说"此景天庭未常有，今天却到河源来"。是的，只为这一刻，她博来了多少的掌声与欢呼。舞蹈停止了，我的心却未平静。站在此岸，望着悠悠江水，不禁想起我的家乡，那可是新丰江的源头。"为有源头活水来"，一座城，有江河穿行，有活水流经，那就是美的。水，是灵气，是财富。河源的水，做出了多少文章，水库（万绿湖）、电站以及槎城内令人惊叹的音乐喷泉。

观赏音乐喷泉，除了选择岸边的看台，我更喜欢选择亲水步道，边漫步边观赏。槎城的亲水步道，斗折蛇行，是锻炼身体的好去处。从新丰江大坝前面起，穿过宝源大桥、河源大桥、珠河大桥，然后与东江汇合。北亲水步道逆东江而上，穿过胜利大桥至东源县东源大桥下。南亲水步道顺东江而下，穿过紫金桥，流过龟峰塔，一直到彩虹桥。新丰江两岸，东江两岸，绵延几十里，这可是多数城市无法比拟的。可见，槎城人的福分。可惜我只是过客，只走过河源大桥与珠河大桥之间的亲水步道。泛泛新丰江，盛满一江灯火。清风徐来，灯影摇曳而朦胧。桥墩、行船、喷泉，也变得婉转、婀娜。"烟笼寒水月笼沙"，漫步亲水步道，看着喷泉，听着乐音，闻着花香，我以为置身于仙境，心中的烦忧顿时被清空。

不远处，有一个公园，称"茶山公园"。茶山，其实只是一个土坡而已。我不知道是不是人为的山，不算高，也不算大，但密林成荫，繁花似锦，是休闲或乘凉好去处。山顶上的电视塔，鹤立鸡群。站塔上鸟瞰，高楼林立，行车如鲫，江河如练，大桥如虹，槎城美不胜收。记得20年前，在市迎宾馆开作协会议，晚饭后，一个人漫无目的闲逛，却逛到此山来了，真有"第一次误入桃花林"之感，惊喜。更为惊喜的是，有一个异性文友，不远不近地跟着，跟着登塔，不远不近地坐着，坐着俯瞰亚洲第一高喷，俨然护花使者。少女的心，驿动的心，如这里喧而不闹，如这里草木芬芳。茶山公园，让回忆如此美好。

茶山公园与新丰江畔之间有一座大楼，是政府大楼。绿树掩映，依山傍水，如一个稳重敦厚实诚的中年男子，不张扬，不标榜，不炫耀，甚至不苟言笑。至今，我还从未走进他，只是远远地看着。总觉得，那是霓虹灯和月亮的距离。以前对县政府也是这种感觉，直到阴错阳差在那上班后才觉得，其实，并非你想象的那般神秘而遥远。我想，市政府也如此吧，与山，与水，相厮守，相融和。

政府门前便是车水马龙的沿江中路。路的另一边就是新丰江畔，被花草树木打扮得光鲜亮丽。四时之花不同，红、黄、橙、绿、青、蓝、紫，蓬蓬勃勃，如这座城。每时，都让你的眼、你的肺、你的心刷新一遍。

如此好景，深深恋着、念着。

**2017. 8. 14《河源日报》**

# 一岭是梅花

　　总以为，梅花，专属北方，与雪同行。直到前几天，看到惠东县梁化镇的梅花时，才知道，正如宋代诗人张道洽《岭梅》所说："到处皆诗境，随时有物华。应酬都不暇，一岭是梅花。"

　　那是应当地文友盛情邀约而赏梅的，可谓"与文会友，与梅共赏"。我们驱车前行，一路向上，上到御景峰半山腰，便见白茫茫一片，那正是梅花。深谷浅坡，满山满岭都是梅花。当地文友告诉我们，这成片的梅花有 3000 多亩，规模居国内之首，被命名为"梁化梅园"，又称"广东御景峰国家森林公园"。

　　还在山脚下时，未见梅花，已闻到梅香，不禁想起陆游一次到四川成都花会赏梅时所吟："当年走马锦西城，曾为梅花醉似泥。二十里中香不断，青羊宫到浣花溪。"颇有同感，那香，真的"二十里不断"。这是一场嗅觉盛宴。忍着飕飕冷风，也要摇下车窗，闭目深吸，暗香浮动，款款而至。初始，我们并不知什么香，只觉得好闻，清淡，清新，清醇，若有若无，似来自泥土深处，又像来自天上。我们外地文友不禁碎碎念：什么香？什么香？当地文友却笑而不语。直到梅花兀自眼前，才恍然，原是梅香！远闻和近嗅，差别不大，"唯有暗香来"，如细泉，如清溪，如流年，又如吴刚捧出的桂花酒，细斟慢酌，不知不觉间，是陶醉，是迷醉，是沉醉。

梅花品种繁多，就色泽分，有红梅、粉梅、黄梅、白梅等等。梁化之梅，花为白，果为青，即是曹刘"青梅煮酒论英雄"的青梅。梅园内，有许多卖"青梅酒"的小摊，也兼卖"腌梅干"。这景象，是多么熟悉。距此两三百里外的我家乡连平，也有很多卖这个的，我竟不知道是青梅。我们那里叫"石梅"，或叫"爽口梅"。此果必须煮或腌制才能吃，酸酸甜甜，爽脆而可口，是家家户户春节期间必备的小吃，具开胃消食、生津止渴、醒酒减肥等功效。"青梅酒"，浓度不高，带着纯而透的酸甜，喝一杯，入心入肺，眉清目醒，浑身舒畅。那天在梁化的晚宴，就喝"青梅酒"，我们不论英雄，只论文学。

青梅果，白梅花。我们更倾情的，是那一岭的梅花，如白花花的波涛涌过来，又如雾蒙蒙的云霞漫过来。我心头一颤，似乎和思念已久的人不期而遇，讶然，怦然，欣然。这又是一场视觉盛宴。远看，我以为，挂霜了。走近树前，才清晰可见，那七扭八拐、旁逸斜出的枝丫，挂的是花，一小朵一小朵的花，不见一片叶子，在冬日的阳光下，如闪闪荧光。洁白的花萼，淡黄的花蕊，每一朵，从我惊喜的目光滑过，轰轰烈烈，却又安安静静，如穿着素洁的知性女子，透着高洁、优雅、坚贞的气质。记得小学老师教唱过的台湾歌曲《梅花》："梅花梅花满天下，愈冷它愈开花，梅花坚韧象征我们巍巍的大中华，看那遍地开了梅花，有土地就有它，冰雪风雨它都不怕，它是我的国花。"老师教我们像梅花一样，越艰难困苦，越要有斗志，逆境中成长，必定有气质，必定有成就。

梁化的青梅亦如此，在寒冷的冬日，绽放得那么芬芳，那么从容，那么亮丽。如一路陪同我们的这个当地文友，她遭遇不幸婚姻后，擦干眼泪，挺直腰杆，单肩挑起养育儿女之任务，为生存奋斗之余，还为精神奋斗，写下洋洋长篇，铮铮文字遍地开花。

2017.12.28《南方日报》

# 上莞记忆

记得谁说过，记忆这东西，真是不可思议。

比如东源县的上莞镇，突然就在我的记忆中复活了。

那是一次采风活动，看到安排表上必去的点——上莞镇，胃痉挛了一下，似乎 27 年前的秽物又要排江倒海而来。那年我刚上初中，13 岁，连县城都没去过，却去了比县城远 10 倍的另一个县的一个镇。我当时不知道是什么县，也不知道去的具体村庄叫什么村。倒了几趟车，等了几个小时，最后搭的那辆中巴印着"上莞"二字，我的脑海便也印着"上莞"二字了。

坑坑洼洼的沙土路，从山脚绕到山顶，又从山顶绕到山脚。残旧的中巴车，活像母亲手中的簸箕，我就是簸箕里的米糠，被抛上，又抛下，把肚子里的香喷喷的饭菜抛成了臭烘烘的秽物，把一个 13 岁的少女抛成了 3 岁的屁孩儿——我不记得是否流泪，却仍记得惊天动地的哭声。

如今想起，我不得不感慨媒婆的本事，把我智障的堂姐跟几百里外的上莞挂上钩。三人送嫁，天亮出发，天黑才到，迎接新娘的，除了那挂鞭炮，便是那个麻脸的老男人，以及他身后两间黑咕隆咚的破瓦房。堂嫂和另一堂姐黯然泪下……

这黑色的记忆，随着黑色的轮子飞转，不知不觉间，上莞镇府到了。看表，从河源市区出发，刚好一个小时。我甚是惊讶。那条沙土路呢？司机说，哪还有什么沙土路？连村道都是平坦坦的水泥路啦。怪不得，我头不晕眩，肚不翻转，身心舒畅。

时值初秋，天空湛蓝，阳光灿烂，山峦如黛，田野如碧。突然觉得，上莞这片土地，是那么安适和神圣。

其实，一直如此——若不是再次踏上这片土地，以采风的名义，我至今也许不知道，上莞，竟是革命圣地，在解放战争期间被称九连地区的"小瑞金"。

在镇府下车，移步到文化广场，最引人注目的是纪念亭。远看，跟其他乘凉休闲之亭没什么区别。近看，心头不禁一震，亭檐上刻着"中共九连地委、粤赣边支队、河源县人民政府成立纪念亭"。就在此处，70年前（1948年12月7日），3000多军民欢欣鼓舞，隆重举行河源县人民政府成立典礼。站在这里，我似乎也穿越到了那一刻，与军民一起，敲锣打鼓，载歌载舞。想想，还有什么比这更激动人心的呢？县政府的成立，预示着全县解放为期不远，也是为了统一河源县的行政，更好地接管和建政工作。

河源县人民政府是九连地区最早成立的县级人民政权。一个偏僻的区区小镇，能让县政府落地于此，可见这是一块怎样的风水宝地。查看上莞的地形图，位于东源县北部，四面高山峻岭，中间小盆地，交通闭塞，不通舟车。有时候，缺点也可变优点，就如黑色的记忆，也可变成红色的记忆。在新中国成立前夕，中共九连地委和支队司令部领导是何等英明，正是看准了上莞的天时地利人和，几乎把所有的行政机关搬到了这里，如候鸟找到了厚实而稳固的鸟窝。所以，上莞是九连地区最巩固的革命根据地。

河源县人民政府驻地，在上莞黄龙岗昌龙屋。这是典型的三进结构的客家围屋。走在水泥村道上，我们时不时看到，参差错落的新楼群旁，还保存着完整而厚实的古民居。来到其中一座，若不是看到门前晒谷场那块刻着"河源人民政府旧址"的方正石碑，还以为是大户人家的老屋旧宅呢，原来是县政府旧址。里面稍作修缮，陈列了一些当年简单的办公用品。但吸引我眼球的，不是这些静物，而是县政府门前两边门墩上的活物——三个老太婆坐在那里，手里夹着香烟，时不时吸一口，吞云吐雾，有一搭没一搭地说着话，传出母鸡咯咯咯似的笑声，沉醉在安静而恬适的时光里。我很是诧异，上前搭话。其中一个 80 高龄的陈婆婆耳聪目明，打开了话匣子，她说她就是本村姓陈的。说她们今天能生活幸福，能安享晚年，是跟她们陈氏前辈的英勇分不开的，像坐背那一仗，她说还有普普（朦胧）印象，打得好激烈啊，我们小孩子藏在地洞，听到轰隆隆的炮声，很害怕。后来听说，我们的叔公陈国汉和陈云舫牺牲了。陈婆婆用衣袖擦了擦眼角。

后来我查看了当地史料，也有记载。上莞第一个中共党员——田裕民，联合其他党员在君陈小学以教书为职业掩护，从事革命工作，先后发展了陈启林、陈志英、陈柏祥等一大批陈氏有志青年参加共产党。1947 年农历七月十六日，国民党突然袭击驻在坐背的九连工委机关和游击队，飞虎队的一队和二队冲在最前线，与敌激战两个多小时，敌被击退，但队长陈国汉、陈云舫和3名战士献出了宝贵的生命。

我没有去坐背和君陈小学，也不知道它们是否被保存下来。但那深深的敬意，永藏心中。同行给陈婆婆她们敬烟，她们竟受宠若惊，陈婆婆连忙拉我们去她家喝茶。她家就在县政府旁边，新建的三层小洋楼，门前停着几辆小轿车，一群男女青年正在门前摘龙眼，边摘边吃，边摘边往车上装。陈婆婆介绍说那个带黑边眼镜的是她孙子，在深圳做生意，周末带朋友回老家度假。孙子笑着跟我们一一握手，进屋泡茶端水，末了还摘了一蛇皮袋龙眼送给我们，甚是热情。此时，我却不禁想起那个麻脸的老男人——我所谓的姐夫，当年，他打了很多板栗让我们带回去。上莞，及周边镇如漳溪、船塘都盛产板栗。他现在在哪呢？过得还好吗？我很想询问，但时隔27年，脑海中的上莞画面，了无痕迹，那路，那屋，那树，那人，我无从问起。而我熟悉的智障堂姐，早已离开这里，当年以乞讨找回娘家。她无法忍受这里的贫穷，还是另有隐情？我不得而知。

但我今天所见的上莞，跟东源其他镇一样，都往小康奔前程了。

上莞还保存着一座与其他客家围屋不一样的建筑——六角楼。只是，展现我们眼前的，缺了一个角，另一个角也摇摇欲坠。岁月无情天亦老。当然，当年的气场和风骨仍隐隐若现。从门楼两边挂着的牌匾便知道了，这是"中国共产党九连地方委员会"旧址，是"中国人民解放军粤赣湘边纵队东江第二支队司令部"旧址，是"广东人民解放军粤赣边支队司令部"旧址。

记得某书上说过：书本上读历史，历史是抽象的。在历史事件的遗址身临其境读到的历史，是看得见、摸得着的，是真实的，是有生命的。

六角楼，究竟有着怎样的不平和不凡？1948年8月7日，3000多军民在下柯岗隆重举行"广东人民解放军粤赣边支队"成立典礼。成立后，常驻六角楼办公，时长8个多月。成立后，连续取得了五战（白马战斗、大湖狮子脑战斗、鹤塘战斗、骆湖大坪战斗、大人山战斗）五捷的重大胜利。记得前不久去参观的河北省平山县西柏坡，也是一个条件落后、交通不畅的小山村，以毛泽东为首的老一辈无产阶级革命家在这里指挥千里之外的人民军队取得了三大战役（辽沈战役、平津战役、淮海战役）的伟大胜利，"新中国从这里走来"。套用一下，"新河源从上莞六角楼走来"。其实，新中国正是由无数个上莞六角楼这样的星星之火得以燎原而实现的。

1949年1月8日，时值严冬下小雪，以严尚民、郑群为首，率领1000多士兵在六角楼举行誓师大会，星夜挥师东江边的大人山，与敌格斗厮杀，历时三天。这就是五战五捷中的"大人山战斗"，是最为惨烈的。那13位烈士，就安葬在上莞的烈士陵园内。每年清明节，上莞及周边镇的党员干部、师生、群众数千人前往祭奠，把那些红色的事迹与精神植入心中，延续成永恒的记忆。

这是所有人的记忆——纪念亭、县政府旧址、六角楼，以及这里的一草一木、一砖一瓦，这里的先烈与后辈……而那个黑色的记忆，只属于我个人的，属于我人生某个时段的，如飘浮天边的乌云，随着采风步履的行进，渐渐变淡变小，最后被上莞上空的大片红霞覆盖了。

2019 年《笔尖下的东源记忆》

# 春城无处不飞花

那是暮春时节。

我去槎城参加女儿的高考动员会。车出市区出口后，眼前一亮，发现路两旁花团锦簇。那是真花。高高低低的灌木丛中，似乎是无数只彩蝶立于枝头，正作起飞状。它们在车窗外，一闪而过。我不知道那叫什么花，但已飞进了我心里。

会后，时间尚早，我没急着回家，而是急着去市图书馆。那是我一直喜欢和向往的地方，坐落于客家文化公园内，据说被民间称之为五星级图书馆。导航带路。经南堤路时，偶或有几株婆婆娑娑的红花从我眼角掠过，似曾相识。而车上珠河桥后，我不禁惊叫，哇，那么多花开！因车多，行得慢，我不仅看到了隔离带上的花，还看到了对面江岸边的花，开得那么繁盛，如一把把小花伞突然撑开，推到我眼前，粉红的，鲜红的，深紫的，淡紫的，真所谓姹紫嫣红。跟市区出口那一带的花相似。这是什么花？我问坐在副驾的丈夫。他说是勒杜鹃。后来我又特意问度娘，真真确确是勒杜鹃，属木质藤本状灌木，茎有弯刺。开花时节，密密扎扎都是花，花似叶，故称叶子花。其实，它还有很多别名，如贺春红、三角梅、九重葛、宝巾等。隔离带上的，造型盆景，千姿百态，从珠河桥延伸至中山路，形成一条花路。"一条路惊艳一座城"，我总算领略了。

到达客家文化公园西门，入图书馆路，被门卫拦住了。他说图书馆停满了，要停就停旁边的半山坡上。这里离图书馆至少还有300米距离吧？我摇下车窗向门卫解释，我丈夫腿脚不便，送进去立即开出来可以吧？门卫一脸冰霜，不容商量。我正要开门下车去论理，丈夫用左手拉住了我，制止我下车，说算了吧，也许他有他的难处，我们花多点时间走路就是了。

我扶着丈夫慢慢地行走。不承想，又一次遇见勒杜鹃。路旁、园墙、廊柱、湖边、山坡……到处都是勒杜鹃，红红火火扑面而来，让我们顿感温暖。丈夫笑了，说走路有走路的风景嘛。是啊，我们有那么多那么美的勒杜鹃陪伴，虽步履维艰，却也赏心悦目。我们被花吸引了，又被花指引着，竟误入花丛中。一株株、一团团、一片片的勒杜鹃，在这平静柔和的时光里竞相开放，又暗自凋零。它们边开边落，边落边开，生生不息。开也开得轰轰烈烈，落也落得洋洋洒洒。"春城无处不飞花"，面对这些勒杜鹃，我不禁念起这句诗。

走着走着，我们竟跟图书馆隔湖相望了，那是一座四五层楼高的客家五凤楼造型建筑，孤独地安坐在客家文化公园中轴线中心湖的北岸。湖中，蓝天，白云，绿水，红花，还有图书馆，相映成趣,构成一幅美轮美奂的油画。

丈夫说,书有没有看,也不枉此行。

是勒杜鹃,让我们的生活变得温暖而幸福。

2019. 2. 12《河源日报》

# 瞻仰客家母亲

每次梅州之行，必去中国客家博物馆。每次进入馆门之前，必挪步到广场一角去瞻仰一尊雕像。

这蹲雕像，叫客家母亲。

每次站在此前，我都心如潮涌，涌向那无边的岁月。

这个客家母亲，多像我的母亲。

赤着脚，卷起裤腿，伸进水田，躬身，身上背着一个婴儿，婴儿酣睡着。那双粗粝的大手，在胸前托着犁把，用整个身躯去拉拽铁犁，每跨一步，都溅起一摊泥花，艰难前行。我想，"举步维艰"一词，就是为母亲创造的吧。本来，这是耕牛要完成的动作，却让母亲去完成。我又不禁想起《伏尔加河上的纤夫》那幅名画，母亲，纤夫，纤夫，母亲，不对等啊。纤夫是男性，男人干笨重的体力活，天经地义，而让一个纤弱的女人去干，且背着孩子去干，于心何忍？

同行的一个来自中原的大姐在我面前嘀咕：雕像有失真相吧？哪有"背着孩子耕田"的母亲，男耕女织，"背着孩子织布"

才真实。

可她哪里知道，我们客家母亲真的就是"背着孩子耕田"的，或者说，"背着孩子耕田"的，就是客家母亲。当然，也一样要"背着孩子织布"。家里家外的活，都是母亲的活。其他地区的母亲，也许真没有这样的体验。艺术，首先来自生活。

我亲眼目睹了我母亲这样的生活。

那是分单干后。父亲是木匠，"双抢"时节正是他做谷仓、谷斗、风柜的"旺季"，一家接一家地"赶货"，根本无暇顾及自家农活。所有活都落在了母亲一人身上。那时小弟才几个月大，平时由10岁的大姐带（大姐为了带小弟，读了三年书就辍学了）。为了"双抢"，母亲把大大小小孩子都赶出田去，小弟只能被母亲用背带绑在背上，背着割稻谷，背着踏打谷机，背着挑担，背着犁田耙田。自家没有牛，换工借牛，母亲是初学使牛耕田者，牛在前，母亲在后，牛却欺负生手，要么只哼哼不迈步，要么拉拽着母亲跑，把母亲拖倒在水田里，母亲和小弟一起滚成了泥人，小弟哇哇大哭，我们姐妹也被吓哭了，多重哭声一起，似乎要撼落天，撕裂地。面对这苦逼的生活，我不知道母亲当时是怎样的表情。我只知道，后来，母亲轻车熟路了，有牛使牛，没牛把自己当牛，就像雕像客家母亲，侧仰着头，目视远方，脸上写着坚定，坚毅，坚信。

印象中，我母亲并非村里第一个"背着孩子耕田"的母亲，之前有，之后更多，上世纪八九十年代最甚。如邻家的伍嫂、上围的张婶叶婶、下围的李娘冯娘等。那时，小孩多，田地也多，劳力却少，男劳力趁着改革开放春风，几乎赶往了如今说的"大湾区"，家里的一切，都是母亲撑着，养育小孩，种田，家务活，农活，样样不落下。那时还买不起机械化农具，耕田只靠牛，牛要靠人使唤。于是，"女耕"成了客家地区普遍现象。曾一度时间，找媳妇，首先看她会不会使牛耕田，就像北方人选媳妇，看擀面擀得地不地道。我大姐就在此范围。那时我初中快毕业了，去大姐家借钱，刚好遇到大姐背着她女儿犁田，一手扶犁把，一手甩竹鞭咻咻地赶牛。我眼里一下子就涌出泪水，似乎又看到了母亲的影子。大姐，却是那样安定，认为就像生了孩子必喂奶一样理所应当。

也确实，每到"双抢"时节，忙乱的田野，毒日头下，暴风雨中，更多的身影是女人，是母亲。

如今，虽然耕田方式变了，一切机械化电子化了，母亲不必再"背着孩子耕田"了，但"背着孩子耕田"的精神仍在，且代代相传。可谓一方水土养一方人，客家母亲是闲不住的，依然那么勤劳，能干，吃苦耐劳，任劳任怨。不限于耕田，不限于农村，有客家母亲的地方，就能见到勤快干活的身影。在去梅州松口镇的路两旁，遍野柚子，正看见一婆婆爬上梯子摘柚子，一年轻媳妇担柚子，满满两大筐，扁担都往两头弯下去了，年轻媳妇跟跟踉踉地，但还是一口气担到公路上来，接着又马上回头担第二轮。同行的一车人都在惊呼，其中有个广州大佬赞叹道：娶人就娶客家女。

在城里，现在那些年轻的客家母亲也一样勤劳能干。我有几个学生，嫁入豪门，但她们不愿意坐享其成，或在家做全职太太，她们是闲不住的，与丈夫同是在外打拼，同是上班，回到家还要把所有家务活包揽在身，教儿育女，给家人一个温馨舒适的港湾。

热闹的拍照声，又把我拉回眼前，这尊客家母亲雕像，在蓝天白云下，熠熠生辉。突然觉得，伟大的不仅是客家母亲，还有此雕像的设计者和雕刻者，以及选址的人。把客家母亲定格在客家博物馆广场上，是多么英明的，既能唤起我们那一代人的记忆，又给新一代人以铭记与习传。

此时，我羞于摆拍，我只静静地仰望着，默念着我母亲的谆谆教诲：学勤三年，学懒三日。

2020.1.21《河源文学》

# 酒香平远

说到酒香，许多人可能和我一样，只想到茅台。茅台酒确实香，那是酱香。而去过广东平远后，才知平远的酒是另一种香，米香。

南台，茅台，千万别误会呀，别以为是山寨，是假冒伪劣产品。它并不像某些商品，为仿名牌，以假乱真，换个形体相象的字，粗看以为是那个品牌，细看才能辨认出来。南台酒可不存在这方面嫌疑。南台酒就是南台酒，因平远县城附近的南台山而得名。它取水于南台山，酒厂、酒窖都在南台山脚下。

南台山，正如刘禹锡说的："山不在高，有仙则名。"南台山本身就是"仙"——形似卧佛，且是世界第一天然卧佛。相传，公元418年，十六国夏主取长安，把长安改名为南台。客家先贤程旼为躲避战乱，率族人南迁至梅州坝头，此处有一山，因怀念故土，他便把此山取名为"南台山"。一日，程旼游览南台山遇大雨，在一山洞避雨，见石缝有泉水，捧起便喝，顿觉甘甜醇厚，沁人心脾，神清气爽。此水，即"南台岩泉"，后被人们捧为神水，也就是现在酿南台酒的水。此山洞，便是现在窖藏南台酒的山洞，成为赫赫有名的"岭南第一窖"。

南台山，南台酒，山因人而神，酒因山而名。刚踏进南台酒业股份有限公司门口，便闻得一阵阵酒香。靠近"岭南第一窖"时，酒香更浓郁了，扑鼻而来，令人舒坦又沉醉，同行的全国小小说名家们无不啧啧赞叹：好酒，好酒。有趣的是，窖口有棵古树，在这绿树成荫的5月，竟刚长出细细的叶芽，粗壮的枝干斜卧着，似半睡半醒，活像个醉翁。想想，日日夜夜闻着那么香的酒，哪能不醉呢。这一奇观，应是南台酒最有力的见证吧。窖大无比，摆满了酒瓮，望不到尽头。酒瓮也大无比，据厂家介绍，一瓮盛装一吨酒，已窖藏几十年几百年不等。难怪享有"岭南第一窖"美誉。

我们在酿酒一线参观了酿酒过程，那可是整洁严谨的生产流程。远远看着浑身裹着消毒油纸衣在捣鼓大米的工人，倍感亲切，不禁想起母亲酿酒的情景。母亲酿的是客家娘酒，一样严格要求每个细节，不许我们靠近。母亲说："耙酒磨豆腐，吾敢称师傅。"意思是酒和豆腐都很怕被污染，必须整洁严谨，若在某个细节稍有不慎，便遭失败，哪怕资深者。

南台酒，作为客家米香型白酒，有着悠久的历史文化沉淀。自1603年（明朝万历三十一年）至今400多年，可谓历经沧海桑田，曾成为明清两朝官方专用酒，曾捐献给红军医用，曾进入中南海，曾被其他公司并购，也曾陷入低谷，迷茫过，直到2009

年，勤劳朴实而又卓有远见的平远人，传承客家传统古法酿造技艺，重组南台酒厂，更名为现在的"广东南台酒业股份有限公司"，成为目前中国为数不多的"六原"工厂，即原粮、原麯、原浆、原窖、原工艺、原生态。

"六原"的好，才是真的好。与南台酒媲美的，还有八尺镇的酒，广东禾米香酒业公司产的酒尤为凸显。八尺镇，与江西省交界，是广东省的北大门之一，被称为传统酒镇，盛产米酒和娘酒。据说，全镇现有酿酒企业及小作坊70多家，年产米香型白酒约6000吨，娘酒2500多吨，总产值2.9亿元。无疑，这是个富镇，因酒而富。

我们乘着中巴，一路盘山而上，一路云雾缭绕，一路风光旖旎。碧绿的稻田，青黛的山峰，雪白的油桐花，我们如置身油画中，美得惊叹不已。带队的平远县文联李主席无不骄傲地说："八尺镇，不再是以前的穷乡僻壤啦。你们看，通往家家户户的水泥村道，翻旧一新的蓝瓦红墙老宅，一幢挨一幢三五层楼不等的新宅，宅前三五成群在打牌下棋、喝酒闲聊的老人，多快乐。羡慕吧？"

谁不羡慕这样的幸福生活呢。我们请求下车，要去感受感受。路遇一中年农妇，在自家屋檐下卖娘酒。娘酒清甜醇香，暖胃美容。她热情招呼我们品尝品尝。总共才五六瓶，已被我们品尝完了一瓶。我们不好意思起来，她说，没事，自家酿的，尽管尝。憨憨老叟一下买了三瓶，他说他尝出了母亲的味道。陈毓老师想买，只苦于回陕西路途遥远，不便携带，无不遗憾。

在八尺镇府大院，我们"开轩面场圃，把酒话桑麻"。在广东禾米香酒业公司，我们"东篱把酒黄昏后，有暗香盈袖"。

山青，水秀，酒香，这是一脉相承的。平远，让我们回味无穷。

2020.5.27《河源晚报》

# 石源荷花

这个夏天，微信群里，被荷花刷屏。

那是石源的荷花。

石源是一个村，一个地图上找不到的村，但如今的导航却能找到其确切位置。

正是看到微友晒出的位置，便凭导航一路寻过去。

以前，这是一个偏僻小山村，如今，却处于交通 C 位。粤赣高速和汕昆高速纵横贯入，离汕昆高速大湖出口近，离粤赣高速忠信出口更近。若从河源方向过来，忠信出口下高速，过收费站后立即右拐，行驶两三百米就到了。

只见扯天连地的绿地毯，以及地毯上绣着形态各异的粉红花朵，直扑过来。我顺口便念："接天莲叶无穷碧，映日荷花别样红。"一个小小村落，竟有大大荷园。这是我意想不到的。

以我所见，历年，很多村落虽有荷，如池塘里、小溪边、河面上、沼泽地，但零零散散，各落各户，各管各家，不为观赏，只为自家吃食，关注的是根部，是地底下的藕。荷花，开在了视线外。

也有些村落种植成片，荷的种类也繁多，也吸引了好些游客。记得前两年，粤北另一个村的荷花，令人神往。国道边，河岸上，一片荷园，一片果园，一片菜园，赏花，吃果，摘菜，不亦乐乎，感官和肢体同等满足。据说，那是私人老板开发的农场，欲打造吃喝玩乐一条龙景观。于是，由开放变成了封闭，凭票而入。

这无可厚非，经济效益嘛，但赏荷者心中似乎有了个坎，觉得那荷花，已不是荷花了。

移步换景，到石源去，才觉得石源荷花才是荷花。百里范围内，就属石源荷花最壮观、最气派、最有气势和气场了。能与之媲美的，我只认定河北白洋淀的荷花淀（恕我孤陋寡闻）。两年前暑假，为追寻孙犁而到此一游。孙犁笔下的荷花淀，真真实实展现眼前，何其壮观，如茫茫绿海，望不到边角。几十个品种的荷花，粉红，浅黄，淡紫……五颜六色，缤纷于淀上。荷花淀上曲径通幽，徜徉其中，习习清风，淡淡荷香，让人静，使人醉。

观石源荷花，此感复燃。村前立着的大石头，刻着"清风莲园"字样。从这里延伸开去，茫茫无边，田田荷叶，亭亭荷花，不禁想起"灼灼荷花瑞，亭亭出水中"诗句，真是恰如其分。如织的游客，身着橙红白蓝紫各色衣裙，跟荷花一样，摇曳多姿，或展翅飞翔，或低眉娇羞，或袅娜舞动。他们，除连平本县的，还有很多来自东源、和平等邻县和河源市区。三五好友，结伴自驾游，心，为荷而驿动。

千亩稻田变荷田，原来的阡陌、水沟，现在都硬底化了，变成绿道、曲径，有些还砌有栏杆，通向荷花深处，供游人漫步、细赏，俨然置身城市公园中。可城市稀有的——蓝天，白云，青山，绿水，骄阳，清风，在乡村随处可遇可见。

游赏间，我突然起了疑问：好好的稻田，为什么不种水稻，而种植莲藕？莲藕比稻谷经济效益更好？带着这个问题，我走进村委部。朋友笑我落有记者职业后遗症（曾在县报做过4年记者）。

村委部在莲园那边，一幢贴着米黄马赛克的两层半楼房，写着"石源党群服务中心"，顶层悬挂着大大的"牢记使命，不忘初心"标语。左边，还有一幢三层楼，是综合文化服务中心和卫生站，还有中国邮政便民服务、小超市等。楼前，是偌大的多功能地坪，新叫法——广场，可用作晒谷场，可用作篮球场，晚间，农村大妈还在此跳广场舞。现在，暂用作停车场。广场两头，摆满地摊，卖冰水、雪糕，卖凉粉、豆腐花，卖本地农副产品如红薯、香芋、花生等，活像集市。我惊叹不已，真是"麻雀虽小，五脏俱全"。我小时候住农村，哪见过这番景象，买包食盐也要跑好几里路。村委部里面，几个村干部在电脑前专心工作。其中一个向我解释：10多年来，很多农民都不愿种田了，种一年稻谷，除成本，还没打工一个月的工资多，所以，这片农田有一半以上都荒了。近几年农田流转后，村委为了用好帮扶单位资源优势，做好做实军民融合发展，便采取了政府建设、公司运营、群众参与的"公司+基地+合作社+农户"模式，把这些荒田充分利用起来。经实验，这里土质很适宜种莲藕，种出来的莲藕肥嘟嘟的、粉绵绵的。莲，实用性和观赏性兼备，经济效益比稻谷高好几倍，入股的 35 户贫困户年均分红达 5000 元以上，还解决了 37 名贫困户就业问题。而且，每到观赏旺季，还可带动周边经济发展，从那些地摊可见一斑。

我不禁向村干部竖起大拇指。据了解，石源村前两年已全面脱贫。但村干部并没停歇下来，而是带领村民们继续前行，扩大建设，共同经营，准备打造成集莲藕生产、休闲观光、农事体验、美学摄影等于一体的生态景点和现代农业改革示范区，巩固好乡村振兴石源模式。

我想，这便是为美丽乡村作的最好注解吧。荷花美了石源，石源也美了荷花。

走出村委部，再放眼望去，高高低低的荷花，正在清风中荡漾。

2020. 8. 28《南方日报》

# 逛仙坑

　　仙坑不是坑，也不是街，是村。客家地区的村名，多带坑字，意指小小村庄坐落山沟沟里，如我家乡的三坑、东坑。东源县康禾镇的仙坑，也如此。不过如今交通发达了，走高速，出高速后的二三十里乡路，也是平坦坦的双车道水泥路了。从河源市区到达仙坑党群中心，驱车不足一小时。

　　乡路沿路都是山，云遮雾绕，郁郁葱葱，春天不打烊。我不禁想起此山的茶，鼎鼎有名的康禾贡茶。

　　进入仙坑村，最吸引我们眼球的，不是新农村下的崭新洋楼或气派别墅，而是古楼群——四角楼、八角楼。保护得如此完好。这在其他村已不多见了，甚至无影无踪了。

　　但上世纪90年代前，在客家地区，这种方形围龙屋随处可见。四栋四杠，四杠设有阁楼，故称"四角楼"。建于清嘉庆年间的荣封第，仙坑村的这个四角楼，可不是"大众脸"，仅规模已胜一筹，4761平方米，36个天井，108间住房，谁能比之？正堂门刻着的"星聚一门"，更显特别。据说屋主叶景亭，有七子，喻为七星，刻此匾额，意在告诫子孙后代要互相支持，团结一致。堂内雕梁画栋，处处映出艺术之美。更见功力的是此楼的排水系统，设计完善、科学，今人也未必赶超。

偌大的四角楼，我只逛了其中一角。"似曾相识燕归来"，童年的那只燕，还在。一砖一瓦，一木一石，门槛，石阶，楼棚，猫窦……都是那么熟悉。此处，还是别处，每每遇见，我总会产生错觉，或幻觉，这是我的村落，我的屋子，我奶奶睡的那间房就在阁楼上，那里有我的小木匣，装满奶奶的爱。还有捉迷藏的棚子，装满童年的欢乐。

我不熟悉的，竟是那座"八角楼"。据记载，八角楼建于清乾隆庚子年，迄今已有250多年历史，是仙坑叶氏二十六世祖叶本菘在乾隆年间从政，告老还乡之后，为了给族人一个安定繁衍生息之所，耗费数万两白银，历时16年建成了一座四方形城堡式的建筑，取名为"大夫第"。本也是四角楼，因当时加强抵御外侵，便在主体建筑外增加一道高10米、宽1.5米的围墙，围墙四角设有碉楼，加之原来四楼，成八楼了，所以叫"八角楼"。墙外墙，楼外楼，我们在墙间楼间逛，穿越时空，如手无寸铁的小步兵，隐隐听见楼墙外轰隆隆的枪炮声，便快捷地爬上又翻下，瞄着炮眼枪眼，好奇，兴奋，惊慌，又迷茫，最后却也能气定神闲。那厚厚的麻条石砌成的围墙和碉楼，是多么坚固，枪支大炮入侵不了，二三百年的风雨岁月也销蚀不了，毫发未损，依旧虎虎生威。仅此，就足够震撼后人了。

走出八角楼，如梦中醒来，揉揉双眼，紧追向导步伐，穿过花树交映的田间小路，沿山拾级而上。半山坡处，有一新屋院，叫"登云书院"，是按旧址模样重建而成。我无恋逛去，只立院前的旧址之上，数一块一块残砖剩瓦。虔诚，膜拜。那个年代，一个小小村落，竟有书院。这是罕见的。据说，叶氏家大业大，意识到读书重要性，便于道光年间建立了私塾，即登云书院。聘请河源翰院江昭仪先生任教，至民国初年，培养学生逾千，应试考举，造福乡邻。教育，千秋功业。我想，仙坑村有那么多的四角楼、八角楼，且规模宏大，设计科学，工艺考究，质量上乘，无不与崇文重教有关吧？至少，互利互赢。如今，多少村的古民居已破败，已坍塌，已消失，而仙坑村，还有20多幢保存完好。这也与崇文重教相关吧？尊重历史，敬仰祖先，强烈的保护意识等等，不是谁都具备。仙坑村，誉为书香村可不是虚的。

　　四角楼，八角楼，登云书院，留存的无论是烟火气还是书卷气，也许，只激活了40岁上人的乡愁与记忆。可40岁下的人呢？同行就有部分年轻人，他们对古建筑古物件并无多大兴趣。仙坑村人明智，为他们考虑周全。那就去花前树下搔首弄姿一番吧。路边有树，田间有花，还有稻草人，稻草扎成的动物，神态各异，栩栩如生。

　　文化广场一角有运动器材。以前，专属城市的，现在，农村一样拥有。一群小朋友，争相跑过去，或荡秋千，或滑滑梯，或爬山栏，玩得不亦乐乎。

　　也可去体验农耕。四角楼荣封第的半月塘前面，有一片宽阔平坦水田，就是体验田。据说跟东莞一所学校挂钩，由中学生来耕种、收割，所得也让学生自己兜售。游客也可体验，跳下田去拔拔草，间间苗，也未尝不可。这是个多有创意的点子啊。乡村振兴，要的就是创意。我们逛至此，正见一机手开着耕田机，轰隆隆地松土，准备冬耕下种油菜籽。同行的小梁和小吴两位小伙子，心血来潮，让机手教他们开耕田机，竟开着转圈圈了。团团围观者起哄，笑声四起。其实，游客要的不就是这份快乐吗。

逛累了，去览景亭坐坐。买一碗凉粉，或一杯贡茶，慢慢品，品仙坑之仙味，做个快活神仙，忘返。

**2021. 1. 9《河源日报》**

# 1978 电影小镇

　　往往，一个名字，就足以吸引人眼球，吸引千万游客。如1978 电影小镇。但这并非标题党，而是创意的体现。

　　确实非常有创意。它原名就叫：1978 文化创意园。只是，文化创意园遍布各地，此名未能很好体现个性。而 1978 电影小镇之名，通俗易记，又突出重点——以电影为主要产业。据说，此镇要打造成涵盖电影创作、电影拍摄、人才孵化、电影投资、后期制作、颁奖典礼为一体的电影特色小镇。

　　就因为奔着这个，我们来了。小镇不大，若走马观花，也就个把小时。但踏进来后，似乎地面暗镶磁铁，让你无法疾步粗看，反而细细欣赏，真真感慨：小村镇，大创意。

　　1978 电影小镇位于广州增城——粤港澳大湾区的黄金走廊。依路傍水，路是高速路网，辐射四面八方，水是增江，清清悠悠，"潮平两岸阔"。从电影院出来，漫步江堤，吹一吹江风，望一望远处楼群，闻一闻近处花香，顿觉清清醒醒，被电影大屏幕罩久了的疲倦消失殆尽。据说，游艇码头已建成，还可与增江亲密接触进行水上游呢。

中国特色小镇很多。古镇是其中之一，比如丽江，比如凤凰，比如周庄，众人皆知，游客如织。又如同处广州的沙湾古镇。本人曾到此一游，骑楼，渔灯，贝壳墙，800多年的历史，广府文化的宝藏，处处显示着"古"。1978电影小镇不是古镇，它不比"古"，而是另辟蹊径。

此径，便是就地取材，废物利用。这里，原是厂房，是仓库，是工人宿舍，还有旧民居。这里留着深深的改革开放的印记。1978年至2018年，这40年间所发生的变化，可谓翻天覆地。那个糖纸厂，那个直耸云天的烟囱，曾经辉煌过。改革开放车轮滚滚向前，优胜劣汰，糖纸厂在行进中被淘汰了。所幸运的是，它没被历史遗忘，也没被后人践踏，反而被充分利用了——改造成电影小镇。是改造，而不是建造，不是夷为平地重新起立。糖纸厂改成电影城，仓库、宿舍等改成餐馆酒店等，如柏林创意酒店，38号矮房子（藏吧）、左岸啤酒工厂、喜仕、礼御堂、温莎堡等等，满足游客吃、喝、玩、乐、住、游、购、娱等各种需求，一站式服务。我想，这才是真正的创意，才真正体现小镇的价值。它没有浪费一砖一瓦，没有丢失半寸土地。不像有些地区，东施效颦，全拆，重建，脱胎换骨，焕然一新。殊不知，让人扼腕的是，再也找不到它的生前身后名。不浪费，是文明的最好体现。

从"增江家园"门进去，便见墙边陈列着一些改革开放前后的物品、照片。如上世纪七八十年代"三转一响"四大件物品，增城特产荔枝丰收塑像，包产到户缴余粮及上夜校扫文盲等照片。这段历史，并没走远，和我同行的年过半百的老谢，看到这些很激动，好像又身置其中，泪水涟涟。回忆与怀旧，总那么让人感慨，又让人温暖。

去一个地方，一定要去博物馆看看，那是展示本地民俗风情的聚集地。这个小镇，也有这么个博物馆，叫1978艺术博物馆，很值得一览，里面处处呈现艺术精品，尤其是那个镇馆之宝——迄今全球最大的鸡血玉石，让人大开眼界。

再到美食一条街，叫上一碗艇仔粥，一碟肠粉，慢慢品尝，尝出地道的广州味。那是一种怎样的闲情逸致。

1978电影小镇，电影文化氛围确实浓厚，每一扇墙壁，每一块地砖，都是电影画面，而不止是电影屏幕里的电影。据说，有近30部电影在此拍摄，华语电影传媒大奖、广州（国际）纪录片节金红棉影展官方指定展映点、中国国际儿童电影节影视教育培训实践基地及相关产业等先后落地于此，荣获"中国乡村旅游创客示范基地""广东人游广东最喜爱特色小镇""广东人游广东首发站——1978'增城记忆'文创小镇""广州市首批特色小镇"等称号。

未来，1978电影小镇将成为粤港澳大湾区的电影产业中心。

鲁迅晚年在给友人信中说：我的娱乐只有看电影。如果你也如此，不妨到1978电影小镇来，来个终生不忘的电影之旅。那是与影剧院不一样的感受。

# 红色校歌永传唱

"忠信河畔柘陂村中，华南是我们的学校，在这里活跃着年轻的一群，在这里开辟着革命大道。啊，华南你是大时代熔炉，你是新生命保姆，同学们，同学们，新的时代已经来到，坚强学习，顽强战斗，把我们练成铁一般战士，来创造新的社会，新的柘陂。"

某个星期一，我们走进华南小学，正遇升旗仪式。学生校服统一，队伍整齐，行注目礼。旗台上，有两位旗手，还有两排鼓手，奏唱完国歌，又奏唱校歌。歌声嘹亮，响彻云霄，又回荡校园。

这不是78年前的歌声吗？我似乎看到了从这里走出去的革命先辈们，唱着校歌，激情澎湃，斗志昂扬，如波涛汹涌，又如万马奔腾。

这首校歌的歌词，我们刚刚在华南小学旧址及近旁的连平县革命斗争史展览馆看到。

校歌诞生于 1943 年，由邓基、罗楚生（又名罗汉基）作词，李群（又名李幽谷）作曲。当时，他们都是以教学为掩护的地下党革命同志，不仅自己积极联系上级开展地下革命活动，还在华南小学培养了一大批有志学生，投入到抗日救亡运动中，又选拔了 10 多名优秀教师，输送到前线东江纵队里。

华南小学旧址，仍保存完好，典型的客家建筑，原是柘陂村吴氏阳念祖祠。1935 年，华南小学迁到这里。其面积并不大，上厅与下厅，隔着一天井，天井两旁，各三四个房间，跟如今卧室般大小，有厨房，有教室，有阅览室，有教师宿舍。那些锅灶、课桌椅、书籍、八卦床等，依然静静地立在那里，虽然积着厚厚的岁月灰尘，但仍弥漫着那些革命先辈们的气息。他们，并没走远。他们忙碌而紧张的身影，他们坚毅而执着的神情，似乎就在眼前。

华南小学所在的柘陂村，地利人和，现有人口 3000 多，11 个小队，是忠信镇管辖的第二大村，与东源县顺天镇仅一河之隔，离忠信镇府也只有几公里，341 省道、粤赣高速忠信出口从此经过，交通极为便利。其土地平旷肥沃，四季不得空，夏秋以种植水稻、花生为主，冬春种大蒜，其火蒜远近闻名。当时，这里却是敌特活动薄弱之地。中共东江特委看好这一战略要地，于 1943 年派遣邓基同志到华南小学任教，以教学工作为掩护，开展党的地下革命活动。邓基同志与委派来的其他老师一起，认真做好上层人士的统战工作。就在那一年，邓基同志和罗楚生老师、李群老师一起创作了华南小学校歌。"在这里活跃着年轻一群，在这里开辟着革命大道"，这是当时华南小学的真实写照。每天，师生们纵情高唱校歌。

不知不觉地，校歌根植他们心中，产生深远影响。如华南小学校长吴秀春、伪保长吴秀资、乡绅吴天章等，完全被争取了过来，成为"白皮红心"的两面政权。1944 年 7 月，"两面政权"在柘陂张屋开办"警钟"卷烟店，掩护了一批被通缉的外地地下党员，包括校歌作曲者李群。1945 年春节期间，华南小学师生唱着校歌到忠信街、大塘正、高乾头等地开展宣传活动，唤醒群众，投入抗日救国行列。又到邻近村庄动员青年农民读夜校，成立"青年救亡读书会"，其中有 20 多名会员如吴文辉、吴文炯、吴文信、吴良阶、吴克光等成为团结在地下党组织周围、动员群众投入抗日救亡运动的一支骨干队伍。华南小学优秀教师如罗楚生、罗华康、李群、邓志强、何达文等被挑选输送到抗日前线东江纵队，成为部队骨干，后来随军北撤山东。

当时，华南小学还成立了党支部，吸收了一大批共产党员。其中吴建昌同志成为柘陂村第一个共产党员。邓基同志于 1944 年被上级委任为连平县政治特派员（即县委书记），连平地下党组织负责人，从此，他以华南小学为据点，领导全县地下党的革命斗争活动，华南小学便成为连平临时县委所在地。

1947 年 3 月，九连山又高举武装斗争大旗，华南小学一连两届毕业生百分之九十都参加了九连游击队。之后便有很多学生为救国救民投笔从戎，也有部分学生考上高等院校，如吴秀俊考上广州国民大学法律系，吴友梅考上广州大学中文系，他们是柘陂村新中国成立前的首批大学生。

岁月如梭，风风雨雨。这几十年来，随着柘陂村教育不断发展，华南小学于 1965 年冬从吴氏阳念祖祠迁至近旁的新校。先是瓦房，到 90 年代变成了楼房，进入 21 世纪后，校园面积不断扩大（达 15000 平方米），教学大楼不断增多，教学设备也不断更新。经过教育创强，硬件、软件一应俱全。学生人数最高峰时达 800 多。

为发扬革命优良传统，华南小学曾数次邀请革命老前辈前来举办讲座，激励柘陂革命老区的后代奋进。校歌作词者邓基，后担任某学院副院长职务；罗楚生后负责基层政权的组织建设工作；作曲者李群，后在省教育厅任职。还有曾被输送抗日前线的教师、柘陂村老游击队员等，他们每次到来，都要和在校师生一起唱校歌，"同学们，同学们，新的时代已经来到，坚强学习……来创造新的社会新的柘陂。"歌声赳赳，深情款款。

如今，这些革命老前辈大部分已作古，但他们的革命精神永垂不朽，影响着一届又一届的学生，使华南小学人才辈出，涌现了一批又一批热爱家乡的乡贤，出资扩建教学大楼，置办先进教学设备，成立教育基金会等。如学校大门那幢教学楼，校门前那个气派的文化广场，都是乡贤出资所建。

341 省道与粤赣高速忠信出口交汇处，是华南华小学旧址与柘陂村党群中心所在处，立着"广东红色村·柘陂"大红牌坊，成为乡村振兴的示范点。这里，山水环绕，路网横贯，楼群林立，庄稼葳蕤，蔬果累硕，民宿、农庄雨后春笋般涌现，是集"农旅休闲、田园观光"的生态村、特色村。

我们在校园随便抽问了几个学生，竟然发现，没有谁不会唱校歌的，就像没有谁不会唱国歌一样。校长吴宏毅说，一入学，就要先学会唱校歌，让学生首先从校歌认识红色之路，从而传承红色精神。

# 这边风景独好

辛丑年春节，一个就地过年的朋友的朋友圈刷屏，都是美景图，有长堤绿道，有亭台楼阁，有碧水蓝天。似曾相识，却又陌生。我不禁评论：美美哒！又问，哪里？

她知道我重点在后句，回复：江东新区滨江生态景观长廊。

定位，导航，显示半小时车程。不远，正合我意。宅家已久，憋得慌。今年春节疫情防控得好，只要不出市，附近走走还是可以的。

戴上口罩，驱车从胜利大桥过去。以东江为界，西岸，河源市区，东岸，江东新区。连接两岸的，还有紫金大桥、迎客大桥、东江大桥。桥桥相隔数公里，凌空浩浩江水之上，如飞虹，如彩练，如巨龙，设计精巧，气势恢宏，无不展示着地域优势，交通发达。

过桥后，驶入东环路。东环路，江东新区主干道，中间隔离带，左右各四车道，比高速公路还宽阔。此时，车不多，不像往常，车来车往。我开得甚是惬意，不为飙车，只为悠悠前进，本是出来散心的嘛，这叫兜风，若步行，该叫漫步了。

东环路两旁，最是体现江东新区的新和盛。高楼如雨后春笋拔地而起，如树如林，鳞次栉比。新兴城区，做到了规划先行。曾看过整体的航拍图景，像棋盘格子，井然有序。工业区，商业区，住宅区，学府区，休闲区，相互牵连，又各自独立。在我没经过的学府区，东环路东侧，又多了一所大学——广东技术师范学院河源校区。大气磅礴、欣欣向荣的校园，让江东新区蓬荜生辉。能拥有这样的大学，也是整个河源的幸事，足以引以为傲。根植文化，千秋功业。

一路向南，途经鼎鼎大名的住宅区——碧桂园。一期二期三期，什么凤凰城凤凰湾凤凰山，可说，占据住宅区半壁江山。还有十里东岸华南城，面江而居，令人趋之若鹜。一个新兴城区，拥有这些名楼名宅，人气旺了，经济就活了。

驶近临江桥时，兀地出现一片开阔景致。导航提示：已到达目的地附近，本次导航结束。原来，此处就是江东新区滨江生态景观长廊。车泊空旷停车场。刚打开车门，一阵清新江风扑面而来，夹杂着清幽花香。哇，这空气，太舒爽了。爱人不禁赞叹。是啊，久违了，这自然风，这户外景。突觉豁然开朗。

自临江桥下始，长长江堤数千米，溯江而上，延至十里东岸华南城住宅小区。始点有牌坊标识"广东万里碧道"，下有行小字"河源柏埔河碧道"。记得两年前，途经此处，正见大兴土木，推土机、泥头车轰隆隆异常繁忙。我还以为又建高楼大厦呢，没想到，竟是市民休闲区。一个城区，不能没有安放心灵的地方。即使广州、深圳这些大都市，寸土寸金，也不惜多拓一块地，少建一幢楼，种上花草树木，砌上亭台楼榭，还给市民一个休闲好去处。江东新区也来了个大手笔，把滨江一带建成生态景观长廊，市民的精神栖息地。物质、精神两手抓，物质上去了，精神也不能落后。

望不到尽头的长廊，一边是浩浩东江，一边是阔阔园林。漫步其中，新铺就的彩泥犹如塑胶跑道，又似地毯，让脚底舒坦，不像踩在水泥地板上硬邦邦的。走累了，或倚栏杆上，或坐长椅上，喝几口随身携带的茶水，望着悠悠江水，吹着徐徐江风，晒着暖暖阳光，我昏沉的脑袋瞬间被这一片清新彻底清空，我，完全变成了自我。人间世事，不管经历了多少，那些悲喜，那些荣辱，那些爱恨，那些离合，都在我的生命里和解了。我宽容一切，我祈祷一切，愿世界没有病毒，愿世界没有战争。

园林还在完善中，草皮刚植，花树刚种，有园丁在浇水。汲足水分的花草树木，顿时精神饱满，在这个温暖的早春里蓄势待发。它还年幼、年少，暂时不能为游客遮风挡雨，或给游客很好的视觉享受，就像刚起步的新区，不能为市里挑梁顶柱。但不用多久，便见成效。五一节我又到此一游。没想到园林的花草树木蓬蓬勃勃的，草青青，花艳艳，树绿绿，曲径环绕，长廊相依，江水相伴，又是一番不同景致和感受，"情系一江碧水，爱在两岸风华"。新区不也如此吗？曾经荒山野岭，芒草萋萋。从科学细致的规划，到如火如荼的生产，再到如今蓬蓬勃勃的发展，历经二三十年，终于成为市里强有力的臂膀。五一节那天，我还看到了不远处已具规模的高铁站，通车时间指日可待。届时，江东新区必是一朵开向全国乃至世界的奇葩。

斜躺长廊椅上，看游人悠悠如云，爱人不知怎的突然诗兴大发，吟出非诗之诗：江东新区，东江东岸，这边，风景独好。

chapter

03

▼

悠悠味蕾

第三辑

# 最是馥郁"灯盏粄"

俗话说：冬吃萝卜夏吃姜，不用先生开药方。可见，冬吃萝卜，好处多多。其中一点，萝卜是冬天的时令蔬菜，冬吃萝卜，是顺应自然。在我家乡粤北的冬季，萝卜必唱主角，白白胖胖的，在菜市场这个大舞台，是那样吸人眼球，招人喜爱。

萝卜多，制作萝卜的菜谱、小吃也多，如扣肉炖萝卜、萝卜丝炒肉片、晒萝卜干、泡萝卜脯、腌萝卜爽……可谓五花八门，当然，这些都属大众化。在我家乡，还有一种与众不同的小吃，叫"灯盏粄"。

"灯盏粄"缘于所需工具是灯盏碟，一种形似古时的灯盏，也像今时的汤勺，只是汤勺深深凹进去的，而灯盏碟几乎是平面的。此工具在其他地方是买不到的，只有连平县城才有，因此形成连平特有的小吃，打上连平人智慧的烙印。

每每冬季，连平县城的大街小巷，处处飘溢出浓郁的香味。深深翕动鼻翼，感觉是老家过年炸肉丸的味道，再闻，又不全是，不是葱香，而是萝卜香。哦，原来是"灯盏粄"的味道。每隔三五十米距离，便有一个炸"灯盏粄"的摊位。一个小煤气炉，架着一个油锅，旁边一只脸盆和一只小塑料桶，便是这个摊位的全部家当了。简单，成本少；密集，收入少。这对矛盾体，就这么一直互存着，从古到今。"灯盏粄"究竟有多长历史？曾问被称为本县"活历史"的吴老，他也说不上，他只说，只要好吃，就能流传，永久地流传。

走在街上，"灯盏粄"香喷喷的味道扑鼻而来，把肚里的蛔虫都熏醒了，不得不驻足。摊位主人把桶里的黏米浆舀到灯盏碟里，薄薄铺一层，然后把脸盆里腌好的萝卜丝铺上，在萝卜丝上再浇盖一层黏米浆后，下油锅，顿时"油浪滚滚"，待一个外边圆中间凸的碗口大小的"灯盏粄"慢慢上浮至金黄色时，便大功告成了。外焦里嫩，外酥里软，无论大快朵颐，还是细细咀嚼，都回味无穷。

对来连平做客的朋友，我总爱跑到街上买几个"灯盏粄"作为见面礼送其品尝。朋友尝后啧啧称赞：最是馥郁"灯盏粄"，此小吃让人终生回味啊。可是，有一次，广州的几个文友却带着遗憾回去。他们来去匆匆。我一大早便赶往大街买"灯盏粄"，寻寻觅觅，满大街都是"灯盏粄"香喷喷的味道，就是不见"灯盏粄"。原来，"灯盏粄"摊位没那么早开市。

后来跟吴老聊起此事，他说，最好能亲自动手。可我不会呀。没想到，他竟拿出制作"灯盏粄"的全套材料，把炸"灯盏粄"的全过程一一演示。我很感动，暗暗下决心：哪天，有朋自远方来，我一定要亲自动手，留住"灯盏粄"之香。

**2017.2.2《南方日报》**

# 桃花丛中品"老八盘"

"二月桃花开，三月桃花红。"这是粤北连平县特有的桃花季。

每年此季，游人如织。

即使我这个本土人，也从未错过，混于其中，俨然导游，领着爱花者，领着"吃货"，进行逍遥游。

出了县城，一路向北，沿着105国道或大广高速，行至20多公里后，便到了入粤第一镇——上坪镇。此镇的村村寨寨，山山岭岭，沟沟坎坎，方圆万亩，纵横数里，"中无杂树"，都是桃花世界。一棵棵，一枝枝，一朵朵，挤挤挨挨，层层叠叠，红艳艳的，水灵灵的，如风中火炬，又似东方朝霞。

桃花，就这样纷繁丰赡地展现着春的表情。而比这个表情更让人念念不忘的，是在桃花丛中品"老八盘"。

那天，和几个深圳过来的朋友正徜徉于花海，突然闻到有别于花香的香味。那香，浓郁而醇厚，似农家春节的饭菜香。不知怎么的，肚子突然就咕咕叫了，感觉好饿好饿。大家深深翕动鼻翼，不停地问，什么香？什么香？好想吃哟。有个朋友拍手作恍然大悟状，说，这香味好熟悉啊，对，我小时候吃过，叫什么来着？可我也说不上叫什么来着。

闻香寻去。

寻至桃林外，却见一座客家围屋，宏大而古朴，于错落的楼宇中鹤立鸡群，夺人眼球。围屋前宽阔的晒谷场上，千人涌动。原来，是游客在品"客家老八盘"。

"客家老八盘"，就是最具客家特色的八道美味佳肴。旧时，婚嫁、做生日、庆满月等喜宴，都是在宗族祠堂里操办的。八仙桌上，八道菜肴。同是客家地区，但不同县域，八道菜略有区别。在连平县，端上来的第一道菜叫"科春"，即油炸鸡蛋，客家人说"春"，跟"顺"谐音，寓意顺顺利利。第二道菜是鸡杂薯丝粉，吃起来顺溜爽滑，也是顺顺利利之意。客家人讲究"顺"。其实，谁不讲究顺呢？人民顺，天下皆顺。之后接连端上来的是酿豆腐、红焖肉、白切鸡、油炸鱼、科丸（即油炸肉丸）、豆腐丝。这八道菜，不仅色香味俱全，且大众化、平民化。用当下的话说，就是最接地气的菜肴。谁不喜欢呢？

所以，沿袭至今，甚至将来。好的东西，总能被传承的。"客家老八盘"这种饮食文化，在传承中延伸、扩展、改进，比如宴席种类、操办地点、菜肴样式等。此次是桃花节，数千游客，数百桌，围屋的祠堂里自是装不下的，只好摆在宽阔的晒谷场上。在灼灼桃花掩映下，那是何等美好欢闹场面！"阿哥阿妹来来来，桃花看唔尽（赏不尽），酒菜吃唔没（吃不完）……"客家山歌悠长嘹亮，和酒菜浓香一起，溢满围屋，溢满桃园，飘荡在连平上空。麻雀飞走了一拨,又飞来一拨,落在游客脚下,悠然自得地啄食。几只土狗,张开嘴巴,含情脉脉地仰望着每一位游客。时不时地,又和成群结队的鸡在桌底下打情骂俏。只有猫最安静了,躲在瓦楞上,鼓着猫眼,偷偷朝这边张望。

客家人的热情好客,在这里尽情显现。远方客人来了,"设酒杀鸡作食",酒,是客家娘酒;食,是客家老八盘。土色土香,原汁原味。

我带着朋友围坐一桌。我的这些朋友,都是客家人。似曾相识的菜肴,引起他们多少的童年回忆。他们大快朵颐,摸着圆鼓鼓的肚子,打着响嗝,啧啧赞道:既饱眼福,又饱口福,此番美事,何处寻去?

我说,连平也!

2017.3.2《南方日报》

# 糖环的记忆

环绕，环绕，又环绕；捏紧，捏紧，再捏紧。怎么？又散啦？笨，重新来过……春节将至，阿姊教我制作糖环的情景，又浮现脑海。

糖环，客家地区春节的传统小吃。

那时，一入年卦，每家都像个小作坊，紧张地制作年货——米糕、油粿、糖环、角子、肉丸、豆锅巴、炸鱼包、酿豆腐等等，如夏季农忙般，调工、换工，今天你帮我，明天我帮你。其中，制作糖环是最费人工最费心思的，可说是门技术活。先把糯米浸透，舂成粉，用三分之一炒半熟。这个"半熟"，却是最难把握的，不至，缺乏黏性，缺乏韧性；过了，又缺乏塑性，缺乏活性。所以，谁都不敢称自己为师傅。母亲炒了十几年了，仍会炒砸，又得重新用鲜粉炒过。把炒好的粉跟剩余的鲜粉用糖水搅拌，跟北方和面一样，成团后，再切分成一小团一小团，一小团就是一个糖环的料。将一小团搓成条状，如尾指大小，如八仙桌长短。接着把条状绕成环状，然后又绕成一个小环一个小环，环与环之间捏紧，便如一朵盛开的牡丹，展现眼前。这时，制作人的脸也如牡丹盛开。

这只是坯，半成品。还要放到油锅里炸，不多时，油锅犹如泳池，一群着金装的选手正在花样游泳，下潜，打滚，旋转，然后渐渐上浮，一个，两个，三个……哇，全部浮上来了，多壮观，多美妙。糖环成品终于出炉！咬一口，咔咔作响，好酥脆，好香甜。据说，炸好后再架在油锅边上炕一阵子，更是持久酥脆，历久弥香。

过年了，家家户户的茶几上都摆着糖环，走亲戚的担子上也装着糖环。糖环，不仅口味好，意头也好。金黄金黄的，如一朵朵牡丹，象征着富贵荣华。

阿姊是制作糖环的能手。其实，村里制作糖环的能手很多，多得像门前码起的柴垛。英姐、兰婶、芳姑……随便找一个，都擅长。但做糖环坯子这道工序，多由待嫁闺女完成。我不知道其原因。也许她们更有空闲吧，少其他琐事。她们聚集一起，也许更有利于谈婚论嫁吧。媒婆来串门，装作无意，嘻嘻哈哈，其实心中有数，谁家闺女适合嫁谁家小伙子。姑娘们也爱逗。花姐说："出年要把芳姑嫁出去，再不嫁就成老姑婆啦。"芳姑说："花姐先嫁，我想做你的伴娘呢。"八仙桌上，围坐着一群花一样的姑娘，互相打趣，互相开涮，银铃般的笑声，浓了年味，暖了邻里。她们话说个不停，手中活也干个不停，搓条，绕环，捏花，手脚麻利，技法娴熟，只说一句话工夫，一个糖环就做成了。两三个小时，两箩筐便装满了。这家完成了，接着又赶往下一家，马不停蹄，她们似乎不知道累。现在想来，我觉得，客家女人的勤劳，就是从这些手工活练就的吧。

那时，我才高出八仙桌半个头，喜欢跟着阿姊转这家转那家，看她们做糖环。觉得好玩，也拿过一团来玩，像玩泥巴捏泥人一样。其实，更像现在的小孩子玩橡皮泥，爱捏什么花样就捏什么花样。但她们做的糖环却是严肃的，有形有状，规规整整。阿姊打了一下我的小手，不许捏泥人，要教我做糖环，教了一遍又一遍，大有恨铁不成钢的气势。不知什么时候，我真就学会了，我的同龄姐妹也学会了。

后来，阿姊出嫁了，阿姊的姐妹们出嫁了。再后来，我也出嫁了，我的姐妹们也出嫁了。不知哪一天起，村里再没谁制作糖环了，家里的茶几上只摆着买来的糖果、红瓜子，却见不到手工制作的传统小吃了。又不知哪一天起，街上有糖环卖了。可那都是机器模子流水作业，成批成量生产的，大小一致，花色一致，看上去，单调之极，毫无美感可言。吃起来，酥脆是酥脆，但不香，也不甜，已然没有那时的味道了。正如鲁迅所说："再也吃不到那夜的茴香豆了。"

2018. 2. 16《南方日报》

# 乡下月饼

中秋节未到，月饼却到了。街面上，超市里，各式各样的月饼摆在了最显眼位置，琳琅满目，令人眼花缭乱。寻寻觅觅，却不见乡下月饼。

我心心念念的乡下月饼。

我们乡下人叫糕饼。

打电话给母亲，问今年做糕饼吗？母亲的回答是肯定的。是啊，儿女爱吃，儿女的儿女也爱吃，母亲哪能不做呢。如今，乡下很多家庭不做了，买市面上批量生产出来的，漂亮又大方，如城市女孩。自家做，认为麻烦，还土掉渣，"入不得厅堂"。

可不知为什么，我偏偏爱吃土掉渣的，市面上再贵再好的都激不起我食欲，油腻腻，甜腻腻，咬一口，牙齿生疼。不像乡下月饼，自家花生油，自家米，松而不散，油而不腻，甜而不呛，香喷喷的。咬一口，还想咬一口，回味无穷，满嘴生香，油香，米香，芝麻香，纯纯的香，久久的香，香到自己的肚子里，香到别人的鼻子里。那个贫穷年代，我们乡下家家户户都做糕饼。用三分糯米七分黏米混合，炒熟，打成粉，放入花生仁、瓜条、芝麻、红糖等佐料，再倒入花生油揉搓，成团，塞进竹筒制作的模子，轧结实，敲出来，圆圆扁扁，高二三厘米，直径也二三厘米，一个一个，没有任何饰纹，朴实得就像村里姑娘，且表里一致，赤诚以对。敲出有一筛子了，便上蒸锅。母亲负责揉搓，姐姐负责敲打，哥哥负责上锅，我负责烧火，两岁的弟弟转来转去，这捣乱一下，那捣乱一下，结果被母亲用背带绑到背上了。父亲则跷起二郎腿，在厅堂吹烟喝茶，等吃。"蒸气满灶飘，香气满村跑。"出锅了，真正等到吃的，只有父亲，他可吃一整个。而我们小孩子，馋虫都引出来了，也只能吃一点碎末。母亲连一点碎末都没吃。那些糕饼，都是走亲戚的礼物，而要走的亲戚，主要是母亲回娘家，除了她的母亲，还有伯呀叔呀、哥呀姐呀等等。所以母亲哪敢吃啊，这些糕饼，仅够走亲戚而已，很少有多余的。

　　记得6岁那年中秋节，母亲特意做多了两个，是要加给外婆的，用不同颜色粗纸包好，藏在刮箩（一种装礼品的竹篮子）最底部，被上面几筒（6个糕饼为一筒，用报纸封好，一家亲戚送一筒）压着。这个秘密却给我识破了。我不动声色的，追着母亲要去外婆家。平常母亲只带弟弟去的，因路途遥远，要转两趟车，"左手一只鸡，右手一只鸭，身上还背着一个胖娃娃呀"——母亲无法顾及我。一到外婆家，我就吵着饿了，外婆说炒鸡蛋米丝给我吃。我说不要，眼睛一直盯着刮箩，看母亲把一封一封糕饼拿出来，拿出最后那两个时，我突然挪动了一下脚步，舔了舔嘴唇。站在一旁的外婆真懂我，拆开来递给我一个。

我一口咬掉一大半，填满整个嘴巴，连腮帮都鼓鼓的。真香啊。至今想起，似乎还满口生香。母亲发现后想夺回，却被外婆挡住了。外婆说，让娃吃，长身体。尔后摸着我的头，又说，等你长大了，也做给外婆吃。可我还没长大，外婆就走了。

我至今还没学会做糕饼。母亲是我的依赖。母亲在，我便是世上最幸福的老小孩。母亲在，小时候的味道就在。母亲在，乡下传统的吃食就在。如这乡下的月饼，不管如何被现代元素充斥，依然是我的最爱。

2018.9.24《南方日报》

# 艾叶糍粑

北方人端午节有插艾辟邪习俗，岭南人清明节有做艾叶糍粑（有些地区叫"清明糕"）祭祖习俗。其实，这是顺应自然，讲究节令的表现。

我们客家地区，清明祭祖，祭坛上除了必备"三生"（公鸡、鲤鱼、猪肉），也必备艾叶糍粑。民以食为天。祭品中的"食"，一般为先人向往的、喜欢的，或是本地特有的、时令的。艾叶糍粑便属后者。清明时节，田头地尾，房前屋后，溪沿沟边，随处可见艾叶，长得嫩嫩绿绿，蓬蓬勃勃。在那些饥寒交迫的年代，先人们便用自己的智慧，把大自然中不起眼不好嚼的艾叶，变成既填饱肚子又美味可口的艾叶糍粑。

记忆中，每到清明节，家家户户都做很多很多的艾叶糍粑，除了祭祖，自家吃，还用来走亲戚。于是采摘艾叶是重任。因采摘艾叶是孩子力所能及的，所以这重任便落在了孩子身上。我家四姐妹，母亲分派任务：老一，5斤；老二，4斤；老三，3斤；老四，2斤。跟农忙摘花生一个样，要过秤。现在想来，觉得母亲教育儿女的方法真是了得，培养了我们的责任感。别看是三五斤，谈何容易？艾叶轻呢。虽说随处可见艾草，但采摘的人多，常常要抢摘；又只采摘嫩芽部分，像采茶一样。我们挎上藤篮子，"清明时节雨纷纷，路上行人欲断魂"，我们欲断魂的是艾叶，寻找没被人采摘过的。常常，要寻到好远好远的地方去。一次，我跟邻家女孩走了几里山埂路，突然发现山窝里有个隐蔽的池塘，干涸了，塘坝上竟长着一大片艾草，嫩茸茸的，绿油油的。我们兴奋不已，忙跑过去，蹲着身子，屏住呼吸，双手并用，急急采摘，生怕被别人发现抢走似的。不久，藤篮子被塞得满当当了，3斤，相信足够有了。回家路上，见哥哥和一群伙伴还在玩"打仗"，他们的藤篮子空空如也。哥哥看见我满载而归，急忙撤了，挎起空篮子跑去找艾叶摘艾叶了，不知他摘了多久，反正天黑了才回到家，把艾叶交给母亲，一称，远不够4斤，被母亲一顿痛打。母亲同时还夸奖了我，让我心里甜丝丝的。

现在想来，采摘艾叶，真是小时候最苦又最乐的差事。

艾叶采摘回来，余下的事，便是大人的事了。母亲将我们采摘回来的艾叶洗干净，焯过，用刀背捣烂成泥状，与糯米粉一起搅拌，搓揉，然后像包饺子那样，放入红糖、花生米和芝麻等馅料，做成比饺子大几倍的饺子样式，或扁圆的糕饼状，再放到大锅里蒸熟。这个过程，我一直站在母亲旁边，寸步不离，眼睛直溜溜盯着母亲的手，口水咽了又咽，连肚子也不知不觉叫了起来，等待开锅的那一刻。终于揭开锅了，一阵艾叶的清香扑鼻而来，袅袅绕绕，沁人心脾，令人神清气爽，真想大快朵颐。我们当地有谜语道："肥秀才，瘦秀才，管他穿绿衣，着花鞋，肚子有墨算实在。"意思是说，馅料足的艾叶糍粑才是上好的。谁不喜欢吃馅料多的艾叶糍粑呢。

至今，艾叶糍粑仍是我的最爱。有如东坡吃猪肉，"早晨起来打两碗，饱得自家君莫管"。我住城里，难见有艾叶糍粑卖。母亲知道我爱吃，便常常给我捎来。想到母亲拖着老弱身子雨中采摘艾叶，心里就不是滋味。周末，我偶尔会跑往郊外乡野，亲自去采摘艾叶。做了很多，便端一些给邻居。邻居老妈妈很惊讶，说你年轻人还会做这个吃啊？我笑了，说我小时候看我妈做多了，自然就会了。别说我会做，我10多岁的女儿也会做呢。

邻居老妈妈啧啧道，传统手艺，传统美食，就该传承下去。

2020.4.2《梅州日报》

# 科丸香

"科丸香，科丸圆，科丸滚滚是团圆，欢欢喜喜过大年。"闻到浓郁的科丸香，也就闻到了浓郁的年味。

在客家地区，素有"没科丸不成年"之说。它既是一道年菜，也是客家老八盘之一。

科丸，是客家人的叫法，其实就是油炸的大肉丸。相传，科丸是给赶考的学子准备的一种食物，而其中的科字也取于登科的科字，充满了对学子的一种期盼和祝愿。还有一种说法，科，分开为禾和斗，有大的意思，如科春（蛋）、科肉、科鱼等。

小年一过，农户陆陆续续开始宰猪了。趁着猪肉新鲜，赶紧做科丸。科丸的主料是猪肉和葱，辅料是香菇，佐口（或虾仁），生粉（或者番薯粉）等。猪肉最好是槽头肉，肥瘦适度，不油腻，又弹爽。葱最好是农家葱头，晒干的。

记得小时候，家里穷，做的科丸葱多、肉少，被戏称为"葱头丸"。若有两斤肉，那可能就是十几斤葱头。剥葱头，成了农家孩子的重活。父亲给我们四兄妹分工，以斤论，限时间，像比赛似的。但葱头不是好惹的对象，葱衣干、薄，又实，若手指甲不厚不长，剥的速度就慢。更要命的是，葱辣，辣气薰眼，才剥几个，眼睛就开始不舒服了，眼泪就叭嗒叭嗒掉了，像哭，用手擦，手却沾满葱辣味，越擦，眼睛越疼，眼泪越多。泪眼看分给自己的这堆葱头，像山，何时才能移走这座山啊，心里没底。只觉压得难受，便哭，真哭。哥不哭，只想耍花招减轻任务。见妹擦眼间隙，就扔几个葱头过来，神不知，鬼不觉。也有被妹发现的时候，那可得大吵大闹一番。一个死不承认，一个不甘罢休，便斗嘴，甚至斗殴。葱头像子弹一样，飞过来，又飞过去。这时父亲也像子弹，飞了出来，砰砰响："吃就喜欢，剥就不干，天上能掉科丸啊？"吓得兄妹大气不敢出，默默流泪，默默剥，一剥就是一两天。

把剥好的葱头剁成碎末，也是苦不堪言的活。此活一般由大人干，他们才能稳稳握住菜刀，才有力气剁碎。

待主料辅料都剁好了，便将其混合一起，再加入适量生粉、精盐、少量鸭蛋白、少量胡椒粉等，用手搅拌均匀，反复摔打，使肉末和葱末在拉抻和揉捏中变得黏合、柔韧、细腻。调制好成泥团后，用大拇指和食指挤压成圆，挤出一个个，下油锅。

炸科丸，是母亲操持。父亲从不进厨房。我们兄妹也有分工，大的帮母亲挤科丸，小的送柴烧火，可个个都不忘瞄着油锅，活像馋猫。正因为父亲不在厨房，当第一锅科丸刚捞上来，就被我们抢了个精光，不顾烫手、烫嘴，一口咬下去，外焦里嫩，外酥里松，虽尽是葱，但香气扑腾扑腾的，灌进五脏六腑里，浑身散发着科丸香。吃了一个，还想吃一个。

那个香啊，在记忆里永不磨灭。

那个年月，因为饥饿，科丸香从哪家飘出，一群小伙伴便往哪家跑，"科丸香，科丸圆，科丸滚滚是团圆，欢欢喜喜过大年。"碎念着童谣，围着灶厦（厨房）门，紧盯着油锅里蹦蹦跳跳的科丸。那个香，直击我们小胃，引出馋虫，垂涎三尺。"去去去，小心把你小鲜肉也炸了。"主人连吓带哄我们出去，把一个炸好的金灿灿圆滚滚的科丸掰成几小块，分给我们。虽然分到手的只有指甲片大，但那个香啊，手抓过，手留香，嘴吃过，唇齿留香，香气沿喉咙往下灌，香到骨子里，香进梦里，香了整个童年。

说真的，至今，我仍感觉没有哪种菜能与科丸比香。那是肉香与葱香糅合一起的香，是鲜香，是芳香，浓郁，醇厚，但浓而不稠，厚而不呛。只有肉没有葱，或只有葱没有肉，都不是这种香。葱头和猪肉的比例，最好是一三开。曾吃过上海最有名的肉丸，叫红烧狮子，形似科丸，味却完全不一样，还是觉得家乡的科丸好吃。

如今，随着生活水平提高，科丸不只过年才现身了，跟北方饺子一样，超市有卖，饭店有吃，喜宴也不缺，但似乎吃不出那个香了。那是机器做成的科丸，成批成量生产，猪后腿肉多，生粉也多，又柴，又实，别说闻着不香，就是嚼，都嚼不出香味了。只有手工剁的馅，手工搅拌挤压成的科丸，才原汁原味，才使肉香和葱香融为一体不流失。

于是盼望着过年。过年，回到老家，与父母、兄妹一起动手做科丸，一起吃科丸，那才是最香的。

2021.2.12《河源日报》

# 溜溜薯粉丝

　　老家的秋收，收了稻谷，再收红薯。"条条番薯壮如猪，猪吃番薯猪更壮。"其实，何止猪吃番薯，人也吃，吃得更多，以前如此，现在更如此。现在猪喂饲料了，人却崇尚吃粗粮。

　　番薯可变多种美食。软糯红薯干，雪白薯粉粒，乌亮薯粉丝等等，尤其薯粉丝，每家必备，做成美味佳肴，滑溜溜，顺溜溜。

　　每年春节将至，母亲送来薯粉丝，说，自家做的。婆婆也送来薯粉丝，说，自家做的。还有老家的一些客人，也送给我薯粉丝，说，自家做的。这个年代，能得到自家手工做的东西，实属稀罕，说明双方关系非同一般，不是至亲，就是至真。物不在贵重。

　　送来的这些薯粉丝，真的是她们自己手工做的，蓬松如乱草。而市面买的，大都是机器做成，一扎一扎，码得整整齐齐。

　　自家做薯粉丝，工序繁琐。番薯自地里收回，在阴处晾晒几天，再挑选，挑淀粉多的，给碾压机碾成番薯泥。而把番薯泥变成番薯粉，要花好大工夫。找出磨豆腐的工具，大水桶，大水缸，过滤篮，过滤网，一次一坨番薯泥，装进过滤网里加清水，用手搅拌，再把过滤网口子扎紧，用力压榨。我看过母亲磨豆腐，也看过母亲做薯粉，这道工序相同，榨出来的水，磨豆腐的叫豆浆，豆浆煮开，加石膏，晾冷，变成了豆腐脑。做薯粉的，却不叫番薯浆，因为那根本还没成浆，只是浑浊的水而已，如黄河水。它不必加什么，只需沉淀，在水桶水缸里保持安静，三五天后，淀粉沉入底部，水清澈如初。把水轻轻倒掉，余留的，便是精华。把精华曝晒，便成了薯粉粒。

薯粉粒用途广泛，可当小孩爽身粉用，可当溜菜生粉用，也可当凉茶用，还有就是做成薯粉丝，当家常菜用。

薯粉粒做成薯粉丝，又要花好大工夫。把薯粉粒溶于水，调和成豆浆似的番薯浆，然后一勺一勺薄薄地淋洒到大托盘里，放入大锅用柴火蒸，蒸出来的就像早餐店里刚出锅的肠粉，只是颜色不一样，晶莹剔透的灰黑色，如黑珍珠。现在年轻人爱喝的珍珠奶茶中的珍珠，就是从这提取的。需注意的是，千万别像肠粉那样卷起来，应该冷却一会儿，再掀起来，完整成片，直接晾晒在竹竿上，像晒衣服一样，但不能晒太干，晒一天半天即可。然后几片叠起来进行切细丝，再晒，晒干为止。这样，薯粉丝才算大功告成。

从种红薯，收红薯，到做成薯粉丝，这一繁杂过程，真的"条条皆辛苦"。其实，农民土里刨食，哪一样都来之不易啊。

亲友们送给我的薯粉丝，可吃上一整年。它耐藏，就用方便袋密封着置阴凉通风处，不必担心变质。

薯粉丝，全国各地都有，多数叫粉条。材质一样，做出的菜色却不一样，五花八门。我们客家人，是薯粉丝炒鸡杂（老家人简称"薯丝"），成为客家名菜，成为客家老八盘之一，寓在顺溜溜（顺顺利利）。在老家，无论大人小孩，都爱吃这道菜。那个贫乏年代，只有婚嫁乔迁宴席才有老八盘，即科春（煎蛋）、薯丝、酿豆腐、白切鸡、科丸（炸肉丸）、扣肉、炸鱼、青菜等八样菜。也就说，不是随时可吃薯丝。而现在，只要家里宰鸡，必定要做薯丝。先用温水浸泡薯粉丝，把鸡杂（鸡内脏）洗干净，放油盐姜丝等佐料腌渍一会儿，然后沥干薯粉丝，用热油炒，一直炒到薯粉丝的颜色泛白，再将鸡汤鸡杂倒入锅里，根据各人喜好，可再下些香菇、鱿鱼丝、红萝卜丝、芹菜等配菜一起焖煮。需注意的是，薯粉丝吸水量大，一定要多放鸡汤，鸡汤不够可清水凑，盖过所有配菜，焖至欲干未干之时便起锅。一盘薯丝，黑白红绿，如花如云，让人食欲大增。夹一筷子入口，"嗦"地吸溜进去了，滑溜溜，顺溜溜，味道是满满鸡汤的鲜美。曾在广州吃过东北名菜猪肉炖粉条，却没吃出猪肉的鲜美，或许我吃的是不够正宗的吧。

记得女儿3岁时，我夹了一小撮薯丝给她尝，她张开小嘴吸溜一下就吞下去了，又张开小嘴，奶声奶气说：还要，绝味鸭脖。我大笑，纠正：绝味薯丝。

# 那一团糯米饭

在老家，冬至这一天，有做客家娘酒的习俗。客家娘酒，就是用糯米酿的酒，呈淡黄色，所以老家人习惯叫"黄酒"。

曾听母亲说过，冬至酿的黄酒，酒醇，耐藏，囤个一整年不变质。母亲说不出个所以然。其实我至今也说不出个所以然。而事实证明，确实如此。老家的那些老人，虽文化不高，甚至是文盲，但所说的是至理，是从生活中总结出来的，即经验之谈。

我喜欢吃黄酒。黄酒煮鸡蛋，最朴素也是最经典的搭配，简称鸡蛋酒。坐月子餐餐吃，竟吃不腻。平日，鸡蛋酒也常常唤起我舌尖的记忆。家里随时备有，就像那些能喝酒的男人，家里从不缺酒。市场有出售。但我不必去市场购得，所备的，不是母亲酿的，就是婆婆酿的。

糯米酒，我更喜欢吃糯米饭，用来酿酒的糯米饭。这种糯米饭，可不同于平常煲大米饭那样煲的糯米饭，用电饭锅、压力锅煲的糯米饭，烂巴巴，黏糊糊，没韧劲，没糯香。而用来酿酒的糯米饭，是用甑子蒸出来的。

记得小时候，家家户户都有甑子，但不常用，只有办大酒席或酿酒才派上用场。它是木制品，像木桶，有盖。把泡过的米捞起，放入甑子，盖好，再放入大锅里，大锅水浸至甑子三分之一处，然后大火蒸，记得时不时往锅里加水。一小时左右，饭熟。揭盖，水蒸气喷然，饭香喷然。白饭粒粒，晶莹剔透，软而不烂，黏而不糊。我至今认为，再没什么炊具比甑子蒸的饭好看好吃，无论大米饭，还是糯米饭。

我对母亲说，那么好吃，我们可以餐餐用甑子蒸大米饭吃啊。母亲笑骂我想得美，说甑子容量大，要放很多米才能蒸，还费时间，费柴火，我们平常家庭的平常餐是用不上的。

母亲把事先洗刷干净的簸箕拿过来装饭的时候（为了快速晾凉），父亲把他的盘子也拿过来了，我们几兄妹学父亲把自个的碗子也拿过来了，围着灶台，骨碌骨碌吞口水。母亲便叨叨：你们这些好吃鬼饿劳鬼，真是一个模子的，糯米饭被你们吃了，我拿什么酿酒？叨叨归叨叨，母亲还是给拿过来的盘子和碗子都盛上一勺子饭。父亲呵呵笑，我们也呵呵笑，端走各自的糯米饭，趁热吃。

父亲找来白糖，说糯米饭要搅拌白糖吃，才有灵魂，赛神仙。哥哥伸过碗去要白糖。我才不要呢。我要吃白饭。搅拌白糖吃容易腻，甜腻味夺走了糯香味。我把糯米饭揉成团，用手抓着吃，就像后来我在电视上看过维吾尔族人吃手抓饭一样，一小口一小口慢慢地咀嚼，嚼出淡淡的饭甜，淡淡的饭香。甜香在唇齿间，久久不散。糯米饭，耐饱。填饱肚子，甜蜜与快乐也随之而生。

可是，每年只有冬至吃一次。这个冬至刚过，又盼下一个冬至了，就像现在的小孩子盼生日一样。"过冬喜，喜过年，糯米饭团塞嘴边。"一年又一年，不知不觉，长大了，离开家了，冬至，没有法定假日，不是想回去就能回去的，那一团糯米饭，再无法塞嘴边了，只能填在心里。

心心念念间，一晃就过去几十年了。老家的黄酒易得，甑子糯米饭却不易吃上。今年寒假，带女儿回乡下她奶奶家，是突然想着回去的，没事先告知。回去，见婆婆正在蒸糯米饭酿酒。我很惊讶，冬至已过，咋还酿酒？婆婆说，邻居儿媳快生宝宝了，可他们家没谁会酿酒，让我帮忙。婆婆以前是接生婆，接生经验丰富，酿酒经验也丰富，几乎没失手过，酿出的酒，色清，味醇，出酒多，又甜又香。我喜出望外，惊叹有食福，有糯米饭吃了。刚出锅的甑子，热气腾腾，又见白饭粒粒，晶莹剔透。婆婆给我们一家三口各盛一碗。我还是习惯揉成饭团，手抓着吃，还不忘让朋友圈先吃。丈夫要搅拌白糖吃，让我有看到父亲的恍惚感。女儿先尝白饭，一小勺塞进嘴巴，却吐了出来，说有什么好吃，又尝糖饭，仍吐了出来，说哪能跟寿司比，真不懂你们竟吃得津津有味。

女儿上大学了，好像才第一次吃糯米饭。她生活的这个年代，满大街的寿司。

我吃了我那碗，还想吃女儿那碗，只因吃太撑了，无法再吃。要是那个饥饿年月，我肯定能吃下去。现在生活好了，胃却小了。

再看朋友圈，不料引来一大堆馋虫，这些馋虫，都是我同龄或长辈，都感慨是久违的味道，是故乡的舌尖，是童年的记忆。其中有个微友留言给我印象深刻，他说，甑子糯米饭，已成我唇齿间的传说了，若有幸再吃到，吃的也只是一种情怀。

所言极是。那是一团糯米饭，那又不是一团糯米饭。

# 蛋散往事

蛋散，别望文生义，以为蛋黄散了，或蛋被打散了。

蛋散是方言，客家地区春节才有的茶料（零食），跟米糕、角仔、糖环等齐名。

在我老家，其他茶料都做，就是没谁做蛋散。是做工麻烦，还是不好吃？或别的原因？不得而知。反正，没见过，更没尝过。

直到 17 岁那年，去远方求学，才见到蛋散。那是和我同县不同镇的同学，春节后开学，她大包小包带来很多零食，她说都是她妈妈亲手做的。她住在我上铺。她把每样零食拿出来一些，让全宿舍十几个同学一起分享，香喷喷的宿舍沸腾了。舍友们都是客家人，来自不同县或不同镇，但客家人也有区域风俗小差异，很多零食竟没见过没吃过，也不知叫啥名堂。什么牛耳朵、豆壳、笑枣、麻糖、蛋散……圆形的，球形的，方形的，长条形的，不规则的，奇形怪状的，咸的，甜的，让人大开眼界，大饱口福。其中有个共同点，都是油炸的。香，香得诱人，香得醉人。

尤其是蛋散。让我一下子就爱上了它。我不知道原来还有那么好吃的客家年食。一小片一小片的，毫无规则，扭来扭去，形似我后来吃过的天津麻花。但麻花是甜的，蛋散是咸的。麻花是长圆状扭成的，蛋散是棱片状扭成的。蛋散更香、更酥、更松、更脆，入口稍咀嚼一下即碎，不费劲，无声响，吃下多久，仍唇齿留香，仍念念不忘。

我的舍友们都来自农村，都会从家里带来零食，或多或少。不管多少，都会拿出来一些分享。开学第一周，谁的嘴巴都没消停，吃了这个同学的，又吃那个同学的，连饭堂都不用去了，吃零食吃饱了。但不久，便见分水岭。带少的，没吃了。带多的，还可慢慢享受，这时变成了独享。把零食锁进皮箱里，待午休或晚睡前，拉上床帘，躲在里面悄悄吃。有男同学戏谑，说你们女同学个个挂床帘，就是为了更好偷偷摸摸吃零食。我之前还真不知道有这么个作用。但那如老鼠偷吃大米发出的窸窣声音，那零食散发出的浓郁香气，再密实的床帘也遮掩不住。惹得没得吃的同学突觉肚子又饿了，但也只能望"帘"兴叹，心生羡慕嫉妒恨。

女孩子，似乎天生嘴馋。

在宿舍偷偷摸摸独享零食这种现象，也许只发生在我那个年代。那是个青黄不接的年代。有些家庭富裕了，有些家庭温饱还没解决。

我属后者。家里食物有限，不能随我任意带。我带的零食样数不多，量数也不多，不出一两周，就光光了。也不知道为什么，那时总是很快饿。饭菜油水不足，自己正处于长身体阶段，更主要的是，饭堂在山坡脚下，一吃完就爬长长的陡坡，再爬上四楼宿舍时，吃进去的饭菜不知藏在肚子哪个角落了，感觉哪个角落都是空的。

记得有一天，晚饭后立即洗澡，接着爬陡坡，待爬上宿舍晾晒衣服后，肚子竟咕咕叫了。那时真想去楼下小卖部再吃一顿，钵仔饭？快食面？其他零食也行。但也只是想想。穷家孩子，只能想想。在那个学校读书三年，我最向往的就是小卖部了。就在床前想想之时，一抬头，突然发现上铺同学的旅行袋在她床头边打开着，露出一些零食，竟然是蛋散，好香啊。

我的肚子更饿了。

此时宿舍空无一人，连外面走廊和隔壁宿舍似乎都不见人。天助我也。吃吧，吃了也没有人知道。吃一点吧，吃一点主人也发现不了少了。邪念就此产生。那只邪恶之手便伸了出去，抓了一把，急忙塞进嘴巴，狼吞虎咽。又急忙抓一把，还没吞完，发现有人来了，正是上铺同学，提着水桶已到宿舍门口。我不知道当时有多慌乱，抿紧嘴巴，逃离宿舍。在与她擦肩而过时，似乎还触碰到了她利剑般的目光。我不知道蛋散碎末是否掉落一些床边或地上，我也不知道装蛋散的袋子是否发生变动，即使没有，但被咀嚼出来的蛋散香气也出卖了我。

我一直忐忑不安，等待她发落，却不主动去解释，认错，总抱着侥幸心理。果然，像什么事也没发生，一切如常。

后来，毕业，工作，结婚，生子，彼此也有联系，来往，但谁也没提起过这些不堪的往事，直到今天。如果我不写出来，那便是永远。

现在，我们都丰衣足食了。我反而学会了做蛋散。每到春节，我所在的小城各种客家年食都有卖，包括蛋散，但我坚持自己动手做。买来面粉，加入啤酒、猪油、蛋黄、芝麻等佐料，用盐水搅和均匀，搓面，擀面，再分切成小棱片，给每片钻孔，把其中一头从孔穿过，拉伸，扭捏，最后放入油锅，瞬间便浮起，快速捞起，便成。香喷喷、酥脆脆的，没吃过的，都说好吃。

像我吃多了，也不见得有多好吃，但我依然喜欢动手做。每每看到自己亲手做的蛋散，17 岁那年的暗疮便淡去了。

chapter

04

▼

绵绵亲恩

第四辑

# 人生聚散浑如梦

## ——怀念谢明遵老师

谢明遵简介：谢明遵，1937年生，广东连平人。民革党员。曾是市政协委员。中国诗歌协会、广东作家协会会员，中国作家研究会理事。20世纪50年代初开始发表作品，处女作《灯下缝书包》获惠阳地区业余创作一等奖。著有《丰收山歌飘过江》《涅槃》《凤霞漫天》《崇文拱璧》等诗文集，主编《县志·文化教育》和《连平教育志》。其诗歌、散文、曲艺、小说、杂文、报告文学、书法等均有成就，获得过百花杯、山川杯等多个奖项，被广东省作家协会授予"从事创作逾四十年"荣誉金牌。

谢明遵老师过世近半年了，我才得知消息，且从别人窃窃私语中偷听到的。怎么也无法相信，便大声质问窃窃私语者，才得以证实。那瞬间，我脑袋"轰"地炸响，深深感觉到，如他诗言：人生聚散浑如梦，末日存否仍生疑。

仿佛，昨天还见着他。翻开旧日历细算，最后一次见他，却一年有余了。这一年多，他去哪儿了？我去哪儿了？我们都去哪儿了？记得，他给我们报社送稿件（他每次都是把稿件亲自送上门来，直接交给主编）。可那次主编不在，他便把稿件交给了我，让我转交。咫尺距离，突然发现，他好像老了许多，瘦了，黑了，那脸上的老年斑，有如干净的衬衣被钢笔甩了滴滴墨汁，洇开后斑斑铺陈，令人不忍目睹。他的肩背也有些驼了，气也喘得紧。看到这些变化，我的心隐隐揪了一下，但并没有往深处想，认为这是岁月印痕，是自然规律。人，都会变老。没想到，这是见他最后一面。前几天，遇见《河源晚报》记者谢雨望（谢明遵老师的侄孙），我提起这个细节。谢雨望说，其实那时谢明遵老师已知道自己得病了，只是他尽量不给外人知道，表现得像往常一样，忍着疼痛，不停地读书，不停地写作，该干嘛干嘛，直至生命终息。

怪不得令人如此敬重！谢明遵老师，我们的文学先辈，连平县作协发起人之一。也许，这就是他的人格魅力，如大西北的白杨，坚韧地迎风挺立着，为我们树立榜样。

与谢明遵老师初相识，是在 1997 年的县文化馆笔会上。那时，师范毕业的我被分配到偏僻的山村小学，孤独落寞中只好与纸和笔为伴，写些不着边际的东西，渐渐地也有些变成了铅字，在县文学界吹起点点浪花，也因此，才有机会参加笔会。会上，我与谢明遵老师邻坐。这个老者不高，还有些胖，那张宽宽的脸膛，刻着满满的深浅不一的纹理，一看就知道是个饱经风霜的人，但透射出来的全是慈祥。我想起了"慈父"这个词。事实也如此，他慈父般地对我嘘寒问暖。得知我一个姑娘家在偏僻的山村小学教书，他感慨不已，是那种感同身受的感慨。他有类似经历。当然，他那段经历曲折离奇多了。他年轻时因出身问题，下放青海劳改了很长一段时间，平反后回到家乡连平，被分配到粤北最高峰黄牛石山脚下的锅洞小学。说到锅洞，本县人没人不知道它的偏僻和遥远，那时没什么交通工具，有也到达不了，只靠两条腿，绕着山，走个一整天。如今，政府已帮助村人搬迁到县城周边来了，那个村成了个"空村"。他告诉我，他"饱经患难风霜，洞悉世态炎凉"，但仍然"夙志抱负，少年壮志不言愁"（《凤霞漫天》后记语），靠写作改变自己的命运。他再三叮嘱我，一定要把写作坚持下去。

有了他的安慰和鼓励，我在大山里变得沉静了许多，一有空，便读书，写作。如今想来，自己的人生履历，也是靠写作改变的。

更让我敬重的是，谢明遵老师的为人。那次笔会分别时，他递给我一张纸条，写着他家地址和电话，他说，若到了县城，就去他家歇歇脚。我只当他是客套而已。不曾想，他竟是那般真诚、好客、热情。那个周末，我去县城代学生买书，在书店遇见了他。他再三邀我去他家，说山高路远，吃过中午饭再回去，还说他女儿谢开练跟我同龄，也喜欢写作，想认识我。盛情难却。我跟在他身后，路过一个水果摊，心想，第一次去别人家做客，总该带点手信吧，便停下脚步，准备买点水果。他迅即转身，上前拦住，怎么也不让我买。在他简陋的家，见识了丰盛的午餐，见识了书盈四壁的书房，见识了他温文尔雅的女儿谢开练，其文也如人，清新、灵动、温婉。可她老爸总在她面前夸我，说我文章质朴、接地气，要多向我学习。说得我面红耳赤，自惭形秽。

其实，文章风格因人的性格而异，也因生活环境生活状态等等而异。异才好。虽异，我们仍成了好朋友。只是后来她调往佛山而渐疏于联系。

岁月如梭。后来我离开了山村，离开了乡镇，调到县城。而后又转行，终跟文学沾了边。进城了，离谢明遵老师家近了，而关系却远了，远到一次也没上门拜访过。每次他送稿件来，只是跟他打打招呼而已。自从"连平报社"改称"连平网络宣传中心"搬迁到县委大院后，我就没有见过他了，还以为他有"庭院深深"的讳忌而不光临，没想到却是永别。不知他生病，也不知他逝世。

后来，连平县作协会长陈沙泉老师跟我说，谢明遵老师走时正值年关，没来得及通知县作协全体会员，只派了两名会员代表参加追悼会。想想，真是"人生聚散浑如梦"啊。冷冷凄风，炎炎夏日，我的心沉重如铅。

谢明遵老师，我一生学习的榜样。只愿他，枕着文学安息吧。

2015.7.6《河源日报》

# 牵手相伴

那天去老年公寓，看望我的四爷。公寓前的小广场，公寓旁的小花园，以及林荫小道，到处都是老人，或拄着拐杖蹒跚独行，或坐在轮椅被护工推着走。突然，好像电视画面闪入我眼帘，有一对鬓发如雪的夫妻，手牵手，慢慢地挪动脚步，看着绿叶，闻着花香，听着鸟鸣，偶尔，还说着什么。皱纹密布的脸上，挂着微笑，娴静而祥和。此情此境，这幅剪影，令人动容。

"执子之手，与子偕老"，大概就是如此吧。

不禁想起我初中的一位老师，他和他的妻子，曾是学校的一道风景，如今又是县城的一道风景。他很瘦，妻子很胖，都已白发苍苍，步履蹒跚，身子佝偻。他们，依然十指相扣，相伴而走。无论在县城哪个角落，但凡所见他们身影，都是牵手相伴，好像，所牵之手是被螺丝固定了，从未见其分开过。每遇见他们，总能让人心生感动，心生温暖，心生美好。

那时，他们在乡下学校，一样地，每天迎着旭日东升，送着夕阳西下，手牵手，漫步校园。那时，他们才临界中年。中年牵手，被我们学生称作"做作"，而不是"浪漫"。那些男生，趴在教室窗前起哄，但，他们没有因起哄而将各自的手收回，仍十指相扣，那么自然，那么安定，那么温馨，那么幸福。记得曾有一节课，有个男生问起这个问题，老师说，我们一直牵手，牵手相伴，才是真正夫妻，牵着手，触摸彼此的温暖，就觉得全身心放松了，就觉得没有什么过不去的。

没想到，他们从青年，到中年，直至如今老年，不管时空如何转变，世界怎么改变，一直牵着手，相伴，到永远……什么叫"不离不弃"？什么叫"相濡以沫"？他们用一生的行动，给予了最好的诠释。

也许，眼前这对夫妻，也跟我的老师、师母一样，一直，就这么牵着手，即使，人生路上磕磕碰碰，也因了牵手，一切烟消云散。

可我的四爷，跟老年公寓的多数老人一样，孤独地度着余生。他的妻子，已去了另一世界。他只好选择去老年公寓。在那个厨、卫、卧于一体的逼仄房间，四爷把他妻子的遗照挂在最显眼最方便触摸的位置，靠着回忆，靠着念想，靠着抚摸镜框，重温曾经走过的岁月，与孤独相伴。看着四爷，我无比心酸。岁月无情，夫妻走着走着，就散了。

我不知道，在这个物欲横流的时代，有多少夫妻，能牵手相伴，到永远？尤其现在的青年人，今天结婚明天离婚的比比皆是，维持的，只是三分钟热度的感情。但愿，既成夫妻，就应该在恰到好处的岁月里，牵手相伴，且行且珍惜。

2015.7.24《河源日报》

# 母亲寻找祖屋

母亲的祖屋，已在母亲心里烙了60年。

60年，人生之路走过一大半，母亲却从未回去过。不是不想回，相反，随着年岁增长，想回的念头与日俱增。那里，可满载着她童年的回忆啊。

只因山高水长路远吗？

其实，算不上远，虽隔市，隔县，但直线距离只不过五六十里。一个农村妇女，把所有的梦想或念想，只能深深埋在几十年贫穷的岁月里，直至今天，不再为物质所困，才敢于向精神迈出——让她女儿带着她寻找祖屋。

母亲曾告诉我，她的祖屋在一个叫"戈罗"的小村庄里，1958年建"新丰江水库"（今称"万绿湖"），因位于新丰江流域低洼处，必须迁移，迁到了马头镇墟附近。

戈罗村，在大山深处又在江边之上，属韶关市新丰县马头镇管辖，跟河源市东源县半江镇交界，也跟河源市连平县田源镇交界。我曾站在田源镇肖屋村隔河远望过，却从未亲临。

　　我们驱车从马头镇墟往军屯、张田坑方向前行。此路，一边是河，一边是山，弯弯曲曲，一直延伸到大蓆镇，如今全铺上了水泥，两车道，可说是新丰县最美乡道。没想到，此路正是母亲当年的迁徙之路。母亲说，当年此路是狭窄陡峭险恶的山径，她跟着她的父母亲，还有村里很多男女老少，组成浩浩荡荡的队伍，挑着家什，赶着牲畜，翻山越岭，艰难跋涉，走一程歇一程，从天亮走到天黑，才走到新屋。做梦都不敢想啊，如今山径却变成了康庄大道，20分钟车程。母亲摇下车窗，指给我看，当年在哪个山坳歇过，在哪道沟坎摔过。一路上，母亲絮絮叨叨。

　　来到戈罗村口，停车，步行寻去。整个村庄，放眼望去，呈"人"字形，房屋集中于一撇一捺的山脚下。撇捺下的空旷地带，野草青青，活像一个大草原。据说，在汛期，这里汪洋一片，另有一番景致。母亲凭着依稀印象，给我们指路。村里狗多人少，犬吠四起，却不见一个人出来，只远远地望见有一两个老人在田间劳作。看来，也是一个"空村"。我们畏畏怯怯地行至一个祠堂前，便停了下来。墙上贴着一张大红纸，密密麻麻写着捐款人姓名，几乎是谭姓。母亲说，这个村全姓谭呢。母亲不怎么识字，让我一个个念出来，母亲却听得有些茫然，不禁嘀咕，你念的某某，会不会是我堂姐夫呢。可他在哪呢？还是茫然。

　　走进祠堂，母亲让我们一起在祖公画像前拜了三拜。我们只是象征性地拜，而母亲，久久凝望着祖公画像，每鞠一躬，都是深深地匍匐下去。我看见，母亲的眼眶红了。站在此前，母亲是否想了许多许多？母亲的祖祖辈辈曾生活在这里，母亲也在这里出生并生活了9年。这个陌生而又熟悉的地方，勾起母亲多少回忆?

从祠堂出来，母亲突然发现，前面不远处，就是那个空旷地带，竟还有残垣断壁。母亲几乎失去理智般跑过去，兴奋而激动地叫道，哟，我的祖屋还在！看，这是我家的灶厦（厨房），哈哈，到现在还黑不溜秋的。看，那间屋是我们姐妹和阿嬷（奶奶）睡的，哈哈，墙基处你小姨挖的孔还在……睹物思人，物是人非——别说母亲的奶奶，母亲的父母，还有一个妹妹，都已作古了。但是，母亲9岁前的记忆，依然深刻，依然活泛。

临近中午，我们去村旁的一个饭庄找饭吃。没想到，在饭庄门口剥葱拣菜的老太太和老大爷竟是母亲的堂姐和堂姐夫。这个饭庄是他儿子开的。母亲之前在我念捐款人名字时还念叨着她堂姐夫呢。母亲只听过她堂姐夫名字，却未曾谋过面，包括堂姐。60年了，两老太竟也认得，互喊小名，互抱而泣，那一刻，她们是怎样的百感交集！连站在一旁的我们这些晚辈，也泪涟涟的。

母亲寻找祖屋，60年的心结打开了，60年的心愿实现了，可以说，收获满满。母亲自己也这么认为，她说，她最美的童年留在了祖屋，60年后，她最美的瞬间也留在了祖屋。

2017.5.24《河源日报》

# 十八而志

## ——寄语女儿的成人礼

距高考200天。周末,河中校园,彩旗猎猎,乐声阵阵,欢闹而又庄严。高三学生的家长,纷纷前来参加儿女的成人礼。

生活需要仪式感,现场感。

我一直这么认为。无论多远,多忙。从县区,到市区,天不亮就出发,伴着霏霏冬雨,近两个小时,到校时,仪式正开始。

一个班,一个方阵,缓缓进场,伴乐飞扬,口号铿锵,解说激昂。当看到女儿踏过成人门时,当看着女儿举拳宣读成人誓言时,当为女儿佩戴成人徽章时,我的心,震撼,激动,甚至恍惚。

女儿,长大成人了。

长大成人,意味着什么?

主席台的大屏幕上,赫然写着"成长、感恩、担当"。

这也正是我要给女儿成人礼的寄语。或许,是所有家长的寄语。

成长。18个年头,你走过的足迹,此刻,如电影镜头掠过我脑际。还记得你上小学时，曾外出忘告知家长，而让家长寻遍全城的事吗？面壁思过后，懂得了对亲人的牵挂——每次离开亲人的视线，都会书面或电话告知。还记得你上初一时，邀请全班同学来家里过生日的情景吗？喧嚣后的寂静，让你明白了生日真正的含义：我的生日，就是妈妈的苦难日，和家人过，才是最温馨的。初中毕业前夕，你爸在外面突发脑溢血直接被送到广州医治，我轻描淡写地编了个谎言，让你住到姑妈家，让所有知情者瞒住你，只为了不影响你的中考。那100多天的日子，你平静如常，努力有加，竟以全县前十的中考名次进入市重点高中——河源中学。这令我们多么欣慰和自豪！事后你跟我说："其实我知道爸的情况，是从姑妈跟你通电话、老师对我关爱、同学对我帮助中感觉出来的，我只是不想让大家察觉我知道情况。"这件不幸事，却又是幸事，因为，你变得坚强了。刚上高三时，你不小心崴脚导致骨折，拄着双拐，举步维艰。你抬头望了望五楼的教室，深吸一口气，扔下双拐，咬紧牙根，单脚一级一级跳着上去。汗水与泪水铸就的意志，终把"珠峰"踩在脚下。伤筋动骨那100多天，你吃到了苦，也吃得了苦。

正是这些成长经历，使你逐渐变得懂事、自立、坚毅。所以说，挫折也是一笔财富。愿你珍存而前行，走出温室，不惧风霜雨雪的肆虐，变得越来越茁壮、坚韧。

感恩。你是独生女，是我们的唯一。你从小很懂事，很有礼貌，很有爱心。感恩这个话题，你懂，你也付诸行动。比如，每次电话里，你都会关切问候你爸身体状况，安慰开导我，敞开心扉和我讨论学习、生活的问题。在家时，你不管学习任务多繁重，也要帮我做家务，陪你爸做理疗。自古道"百善孝为先"，你以此践行。不过，不能把感恩理解得那么狭窄。《感恩》里唱：感恩父母给予我生命，感恩老师教会我成长，感恩帮我的人，使我感受善良，感恩伤害我的人，让我学会坚强。记得你高二当舍长时，学校举行以宿舍为单位的趣味运动会，舍友们只想随便应付一下，也许因为都是学霸，不想在此浪费一分一秒的时间。而你偏偏认真负责，全力以赴，导致她们不配合甚至反感你，与你发生冲突。你能及时向我倾诉你的委屈，我很欣慰。但同时也要告诉你，同学之间，由于家境、性格与阅历的不同，难免会磕磕碰碰，这时你应学会站在对方立场想问题，心就宽了。千万别结怨，反而更应该感激她们，让你学会成长和坚强。在今后的日子，遇事时，要善于分析问题，解决问题，要多一分宽容、多一分理解、多一分忍让。

担当。担当其实就是责任，是成年人最重要的标志。当你拥有独立自主权利的同时，也便有了相应的义务和责任。成人礼上，你校邓副校长已宣读法律责任。虽然，你离 18 岁还有一年，还不是真正意义上的公民，但你也必须明白这些责任。在距高考 200 天的时间里，首先要对自己的身体负责。健康第一，学习成绩及其他都是零，健康是学习和工作的本钱。你脚骨折后，对此便有了更深刻体会。所以，在刻苦学习的同时，每天也要抽一点时间锻炼身体，身体好会有助于你更好地提高学习效率。其次，要对自己的心理负责。再苦，也要快乐。这是一种生活态度，好心情是自己创造出来的。每次考好或没考好，你都要坦然。只要你努力了，拼搏了，就问心无愧。既不要张狂飘浮，也不能自怨自责。你必须学会自我调整，尤其面对失意的时候，让自己能有勇气振作起来，不轻视自己。无论在任何情况下，你都不可以对人生失望，不能放弃或者放纵自己。对自己负责，就是对父母负责，甚至可说对国家负责。你从小乖巧懂事，正直善良，勤奋好学，做事认真负责，这让爸妈放心。

你长大了。十八而志，诸葛亮在《诫子书》说，非志无以成学。有志向，有目标，真诚做人，踏实做事，爸妈相信你的中学时代一定是个圆满的句号；相信你一定会指点江山，激扬文字，迈开大步，向着梦的彼岸阔步向前。青春无悔。

2017.11.29《河源日报》

# 走进菜园

那天，父亲打电话来，让我下班后去摘菜，说母亲种的菜长得盛，别烂在地里浪费了。

母亲种的菜，主要供应我家。我是四兄妹中唯一没有远离父母的，住在县城，却在娘家的镇中学教书，离娘家只有三四里路。每隔三两天，母亲就打电话来让我去拿青菜。是拿，而不是摘。母亲已摘回来。一直如此。

可这次母亲要离家一段时间，住深圳的儿媳妇生二胎了，要去照顾。母亲先前种下的菜，正蓬勃生长着。父亲年迈，也不擅摘菜，所以让我自己摘。

我有多久没干过农活了？又有多久没走进菜园了？我不禁自问，突然感到有些惭愧。这个菜园，是村里统一的自留地菜园。曾经，多么熟悉。如今，却是那样陌生。如果不是父亲事先告知我自家菜园的标志，我恐怕摘到别家的了。

母亲种的菜，有白麦菜、通心菜、芥菜、苋菜，红红绿绿；也有豆角、茄子、苦瓜、丝瓜，串串累累。记得小时候，家家户户都种这些菜，一畦畦，一片片，整个菜园，一年四季，都是青青翠翠、蓬蓬勃勃的，甚是养眼。而今，"归去来兮，田园将芜"。偌大的菜园，草比菜多，萋萋野草，肆意蔓延，跟山沟里被遗弃的水田一个样。这些土地的主人，或全家迁往大城市，或只有留守老人和小孩。劳动力的缺席或缺乏，致使土地全被弃，或选择性被弃。母亲和村里其他老人一样，选择了近水的、松软的、肥沃的几畦自留地，种上时菜，每天清晨或傍晚，去浇点淡淡的尿水，撒上薄薄的石灰粉。她们也深知化肥农药对人体的毒害。这些菜虽长得不如大棚菜娇嫩肥美，但经阳光雨露滋润，任自由自在生长，菜味是那么分明而鲜美，就像农家女孩，越看越有味。

母亲种的菜，在这个菜园里算是鹤立鸡群了。种类较多，长得也较盛。我不禁窃喜。时值晌午，菜园空无一人，只有辣辣阳光，只有唧唧虫鸣，天蓝，地绿，泥土芬芳，空气清爽，诗意盎然。可是不多会儿，诗意顿无，悲从中来。我竟穿着短袖及膝连衣裙走进菜园，走在青草没膝的田埂上。想想，内里是农民，外表却装城里人，又踩在泥土之上，那是多么不伦不类啊，甚至滑稽可笑。连蚊虫都看不惯我这副作态，把我当作众矢之的，这个叮一口，那个蜇一下。我的脸蛋、耳根、颈项、手臂、膝盖直至脚踝，凡裸露部位，尽是红点，奇痒难耐，以致打了三天点滴才消肿止痒。

我走进菜园，不是种菜或浇菜，需要很长时间，而是摘菜，十几分钟而已，却被蚊虫围攻得落荒而逃。父亲见状，既心疼又觉好笑，说我是久不沾泥土不接地气的缘故，蚊虫欺生。仔细一想，还真是，自师范毕业教书后，我已 20 多年没走进过菜园了，更别说干其他农活。母亲认为我是"公家人"了，每次回家，都待我如客，不让我沾半点泥土，干半点农活。

母亲不在家，我应该常常走进菜园才对了。

2017. 12. 9《南方日报》

# 母亲的债

小时候，印象中，父亲总是负债，负的是经济债。而母亲，也总是负债，负的却是人情债。母亲总说，有些债，用钱还不清的，人情大过天嘛。

我4岁那年，家里发生重大变故。7口之家，3人同时突然得重病，奶奶、弟弟，还有我。刘阿婆得知，主动过来帮忙。刘阿婆跟我们同村组，但相隔并不近，她住西面，我们住东面，她和奶奶来往密切，亲如姐妹。弟弟病得最重，父母连夜往县医院赶，其他一切交给刘阿婆。但不幸的是，走到半路弟弟已停止呼吸了。一周后，60岁的奶奶又走了。我，则活了过来。此后，刘阿婆一见到我，就说，你呀，必有后福。而母亲则说，你呀，好好报答刘阿婆。

但，真正报答刘阿婆的，是母亲。

印象中，每做好吃的，母亲都要叫我端给刘阿婆。比如酿豆腐、炸油粿、鸡蛋娘酒等等，那年月，少吃的为好吃。端到刘阿婆家，从东走到西，要经过几栋屋子，几条巷子，穿过田埂，跨过水沟。记得一次过年，家里宰猪，几家人分，分到最后，我家只分到不多的肉和一堆猪下水。母亲煲了一大锅所谓的"全猪汤"。想不到母亲还留出一吊肉，让我给刘阿婆送去，并带上一盅汤。当然，母亲也给邻舍送汤。我一手提肉，一手端汤，出门前母亲再三提醒，走路慢点，别出岔子。可偏偏出岔子了，在路上被小石子绊倒，汤洒了，肉也脏了。我大哭着返回。母亲骂了我几句，又说，还好，还有留给自家的一盅。然后把肉洗干净，自个送去了。

刘阿婆的晚年，有些悲戚。儿媳先她而去，子孙又不善持家。村里家家都富起来过上好日子了，她家日子却难过。耄耋之年，腰背佝偻，还要出田劳作。那时，母亲常常放下自己手中的农活，先去帮她忙。她一家子吃的青菜，也是母亲种的。我每每回娘家，母亲都要吩咐我，买些软的易消化的零食给刘阿婆，方便的话，并给些零钱。

几年前，95岁的刘阿婆去世，按风俗，要从家里背到祠堂去，在祠堂入殓。她的儿女孙子们却说不敢背，推来推去，母亲看不下去，流着泪，弯下腰去，说，我背。母亲年逾70了，因长期腰椎间盘突出连腰都歪扭变形了，身子瘦小，一路趔趄背到300米外的祠堂。我不知道母亲当时是怎来的力量。如今想起，我仍无法想象。

我以为，刘阿婆走了，母亲对刘阿婆的人情债总算还清了。但怎么可能呢，母亲说过，人情债，没有清之说。往反说，叫人情债，往里说，叫恩情，"滴水之恩，当涌泉相报"。母亲就是这么践行的。如今，刘阿婆的子孙们遇到了什么困难，母亲总是尽自己所能去帮，如青菜供应、家电分享、钱财应急等等。

母亲的人情债，当然不止刘阿婆一家，还有很多很多，如建新屋时谁帮了几天工，谁送了几块木料。又如农忙时谁帮抬过打禾机，谁顺便照看过耕牛……母亲都记在心里，跟我提起过。她提的最多的，是我考上师范，谁谁谁送红包来祝贺过。自我工作有工资领后，每逢年节，母亲再三提醒我，要去看望看望谁谁谁。若我不去，母亲就代我去。所以，母亲跟那些三姑六婆走得可亲了。

有时，觉得母亲特别客气，把子女给予的也当作人情债了。每年春节，子女都会自觉在年前给父母几百上千元不等，用以买新衣置年货，年后再发红包给父母，红包里钱数不大，只为寓头。没想到，母亲不舍得买新衣，把买新衣钱和红包钱一起包回给子女的子女了。记得我女儿还小时，看到外婆给的压岁钱最多，竟然说，外婆那么有钱。我哭笑不得，只好解释，那是外婆最疼你。

母亲对外人更是如此。过年，外出赚钱的年轻人很尊老，给村里70岁以上的老人派发利是。母亲不管接到谁的利是，都要另包回同等数额的利是给对方的小孩，几个小孩就包几个。对方连连推让，笑说，您老人家这样就亏大啦。母亲却说，不亏不亏，礼尚往来，你尊老，我爱幼嘛。

2018.5.15《河源日报》

# 朱顶红

我一直叫她石蒜，十几年了。

自从手机有了"识花君"，好奇心使然，拍过去，识别——朱顶红。

如一个女人的名字。朱顶红，朱顶红，叫得多响亮，又多温婉。她也确有一个女人的容颜，红扑扑的脸蛋，窈窕的身段，低头的娇羞。

女人名，女人颜，有谁不爱呢？看一眼，我便爱上了，所以我称它为"她"。虽然我是女性。女人爱花，天经地义。第一次见她，在乡下一个老妇的墙根下。她好像使尽了全力从墙根钻出来的，身子很瘦弱，随时都可能被风吹倒被雨打断。但她却很努力地挺着，开出健硕的花朵，共有十几朵，开得红艳艳。她是每一条花茎两朵花，对着开，似牵牛花，比牵牛花稍大。后来百度才知道，也叫对对红，很形象的称呼。

她兀自地开着，安静地开着，似乎与世无争。那墙，是断壁残墙。那老妇，是我姑姑，即我父亲的妹妹，岁数不老，人却老。记得姑姑年轻时，娇小玲珑，白白嫩嫩，比同龄人显年轻多了。她嫁给作为长子的姑父后，一大家子的重担便落在了姑姑柔弱的肩上。姑父常常外出挣钱，却不怎么见钱回家。即使在家，也不帮忙做事，翘起二郎腿，一支烟，一杯茶，等吃姑姑做的饭，连厨房长什么样的都不知道，典型的大男子主义。姑姑，又是那么典型的客家女人，任劳任怨。别说家务活，连犁地耙田这些男人活，也是姑姑去完成的。姑姑总把希望寄托在儿女身上。好不容易把儿女拉扯大了，帮他们完成了终身大事，他们都进城打工挣钱了，然后在城里安家，曾叫姑姑进城帮忙带孙子，姑姑却说听姑父安排。姑父也进城打工了，让姑姑在老家照顾瘫痪在床的公公婆婆。原来的一大家子，现在留在老家的，只有姑姑和公公婆婆。就这样，各过各的日子，一年到头也就春节团圆一下。姑姑，被无情的岁月催老了，被艰辛的日子摧残了——肤黑如泥，皱深如沟，腰肢扭曲了，脊柱弯折了。姑姑本来就比较矮的，现在越发矮了，矮得让人以为是侏儒。每次见到姑姑，我眼里就不禁蓄满泪水。可姑姑，依然笑眯眯的，一如墙根开得灿烂的朱顶红。

那么漂亮的朱顶红，我认为不该长在这里，与断壁残墙多么不协调。都说鲜花插在牛粪上是不协调。现在想想，牛粪还好，至少有养分，能把花养得肥肥胖胖的，而断壁残墙，却把花折磨得瘦不拉几。我不禁对朱顶红充满怜悯和哀伤。于是，我决定把她移植到城里，种在我的阳台上，好好护着她。可我拔得很吃力，锄头使不上劲，手拔又拔断了几枝。姑姑说，她在这里生根发芽开花好多年了，可能那些根须已经深深扎入地底下，跟墙脚缠绕一起了。我不相信，使尽浑身解数，终于拔出一枝成形（带根须）的，便带回城里的家。

我买来最好的花盆，去野外找来最好的泥土。我怕她干渴，怕她挨饿，便隔一两天就浇水、施肥。她似乎没辜负我，长势不错。一片叶，两片叶，很快便冒出了无数片叶，长长的厚厚的叶，绿得发亮，如石蒜的叶，姑姑也叫她石蒜。

都说人间四月芳菲尽。朱顶红偏偏在四月里"你方唱罢我登场"。可我种的朱顶红，我阳台上的朱顶红，却不断长叶，迟迟不见开花。每天清晨，天亮得早，小鸟是我的闹钟（我手机闹钟都成多余的了），我起床的第一件事，不再看手机，而是奔向阳台，看朱顶红开了没有，结果失望至极。

后来问了度娘。原来是我对她太好了，她根本不需要我的小心栽培，精心呵护——充足的水分和肥料导致她只长叶不开花。

而姑姑墙根下的朱顶红，依然开得热烈。我很惊讶，明明被我拔断了，糟蹋得不成样了，她竟又重新钻出来，长出了根茎，还开了花。我更惊讶的是，姑姑的话。姑姑说，她很贱（客家话，生命力顽强的意思）的，你不必过分打理，这是她的命，人各有命，花也一样。

**2019.5.10《河源日报》**

# 母亲打稻谷

正午，太阳正悬在头顶，似着了火，火光正烫着地堂，从田里收回来的谷粒，撒下去，就像热锅翻炒肉粒，瞬间冒出白汽，似乎还发出嗞嗞的声响。

这是晒夏的极好天气。围里家家户户都在抢晒，田里一边收，挑回来，地堂里一边晒，晒得满满当当。但我家那块地堂，却空着。

我家的谷子呢？还在田里，还没脱粒。

母亲也还在田里，弯着腰，右手挥动着镰刀，像磨镰刀的速度，稻穗（稻秆连着谷粒部分）哗啦啦应声倒下，左手接应，一抓一抓，码在身旁，码成一小堆一小堆，然后让姐抱到田中心，码成大堆，小山似的，等待打禾机脱粒。可打禾机在哪里呢？

还在镇街的农机店里。父亲正赶去买。一大早，父亲匆匆喝下一碗稀粥，把一大叠人民币揣进腋下的衣兜里，挎着一个空空的帆布袋，出门了。母亲追出去，说，看住钱。父亲说，放心，保准中午前把打禾机拉回来。母亲知道父亲大老粗，似乎还不放

146

心，又追了几步，说，看稳点。父亲沉下脸，重重丢下一句，婆妈。

不到中午，母亲已把一大丘田的稻谷割好码好了，就等打禾机脱粒了。

太阳悬在空中，喷着火。母亲望望太阳，又望望往家的小路，望望往家的小路，又望望太阳，最后连眼睛也望成了太阳，喷着火。母亲没望来父亲，也没望来打禾机，但望来了哥。哥是来传声的。哥本是在家负责带弟和守地堂的，现在却跑到田里来了。哥说，老爸说钱丢了没买到打禾机啦。哥好像拿到好成绩报喜一样报这个消息。

母亲一下子瘫坐在田里，尖硬的稻茬被母亲压得七扭八歪。我不知道稻茬刺痛刺伤母亲没有，只见母亲很快就爬起来了，急忙走到稻穗堆前，把稻穗倒竖着塞进箩筐。一箩筐，两箩筐，三箩筐……本是装谷粒的箩筐，装了稻穗。母亲让姐挑一担回去。姐跟箩筐的绳子差不多高，不是挑回去，而是拖回去的，拖出一身汗水和一脸泪水。我和哥挑不动，各抱一把回去。母亲顾自挑自己的，低着头，一声不吭，走在最前头。

稻穗码在了地堂上。我们没有鞋穿，脚底被地堂烫得哇哇叫。母亲低吼了一句，屋里去。母亲则返回田里，继承挑。

不知母亲挑了几轮，挑完没有。只知道母亲没有回家，都过了中午饭时间了，还没回家。父亲向我们大吼，找去。弟睡了，父亲也四仰八叉躺在床上。

我在地堂找到了母亲。那座小山不在田里，而在地堂，在母亲身旁，给了母亲一团影子，一丝阴凉。母亲蹲着，双手握紧稻秆部位，把稻穗往地堂打，脱落的谷粒四下散开，活蹦乱跳。我喊母亲回家，不应，姐喊，也不应，哥喊，也不应。我们喊哭了，母亲仍不应，头也不抬，只更奋力地打，那是抽打，摔打，好像跟地堂有仇似的，把地堂打得嗒嗒响，打了很久，也没把手中的稻穗打落干净。

太阳正悬在头顶，似着了火，火光正烫着地堂，也烫着母亲。

父亲来了，抱着弟，一顶大大的斗笠戴在弟头上。父亲把弟塞到母亲怀里，抢过母亲手中的稻穗，接续往地堂打。

两岁的弟咯咯地笑了，母亲却呜呜地哭了。

那年，是分单干后的第二年，买打禾机的钱，是母亲在娘家借的。

2019. 5. 13《河源日报》

# 女儿高考

一切为了高考，一切为高考生让道。若不是女儿参加高考，我还真没多少体会。

是否陪考？这当然得征求女儿意见。女儿欣然应允。我跟同事调了课，便在高考前一天下午赶到女儿身边。

一见面，她倒苦水般，说这两天肠胃不好，口腔又溃疡，会咳嗽，感觉喉咙有痰却又咳不出来。之前她有过这些症状，但好像没大碍，怎么现在感觉不适了呢？怎么回事啊？我还没来得及想出对策，她紧接着又说，要去剪头发，要以全新的面貌迎接高考。天啊，上周末我才带她去剪头发，本来男孩发型够短了，还要剪，岂不剃光头了？她说就修剪一点点。非去不可，而且要去高大上的发廊。那个固执啊。一向乖巧的她，怎么突然变成这样了呢？明天就要高考了，只能一切依她了。

在发廊洗头的时候，女儿感叹了一句，真舒服呀。一副很陶醉很享受的样子。我突然意识到，其实，她洗头、剪头发是为了放松。

但回到公寓后，她仍一刻不放松，在背书，在做题，直到晚上 11 点。这个点是她自己规定的睡觉时间。她准时睡下。半夜，我蹑手蹑脚上厕所，她竟然叫我开灯！她也醒了？她说她一直没睡着。我吃惊不小，安慰她别紧张，什么也别想，静静地数羊。她说她不紧张也不兴奋，但不知为什么，就是不好睡。

其实，我也不好睡，压制着自己数羊，数到女儿的闹钟响起。6 点半。女儿爬起来，很困倦的样子。我问她后来睡好了吧？她敷衍道，还行吧。

她起来洗漱，我出去买早餐。7 点早餐，8 点 10 分去考点（住在考点附近）。这期间，她仍在复习中，一刻也不肯停下来。劝也无用。我没参加过高考，但我参加过其他也算重大的考试，考试前，不再复习，要么闲聊，要么看闲书，要么闭目养神，让自己松懈下来，冷静下来。相当于长跑中冲刺前的深呼吸或换口气，是为了更好地冲刺。我想，老师肯定教过他们如何放松，学校考前放一天假主要目的也是为了让他们放松吧。

但女儿不是这样，做不到这样。也许，因人而异吧。她是让自己别停下来，可能一停下来心就更慌。或许已习惯了这样做，或许是不自信的表现，以表面的实填充内心的虚。

还是依她。

雨淅淅沥沥地下着，就像她考前复习的状态，一刻也不停。印象中，几乎每年高考都是雨天，但刚好在高考两天连续下个不停的就是今年吧。还好，几天前台风的预告，让女儿未雨绸缪——备了雨伞，买了雨靴。

她在考场唰唰地答卷，全神贯注。我在公寓听嗒嗒雨声，心焦麻乱。

　　第一科语文考完，看她眉开眼笑，我想，应该发挥不错吧。但不管如何，都别问。她也不说，而是自觉转入了下午要考的数学复习。她放下书包，我发现她带去的那瓶水原封未动。考试竟没喝一口水？她说考试哪有时间喝水，也没感觉到渴。吃中午饭，她也说不饿，只强迫自己吃了一点点。饭后又在复习，13 点10 分午休，13 点50 起床。起来后又投入到复习中，直到14 点15 分去考点，才扔下课本。

　　第二天也如此。

　　因为高考，女儿茶饭不思，寤寐不安。我们为父母的，也无不揪心。表面上，都表现得轻轻松松的，而内心，其实都是看破而不说破，焦虑与紧张不亚于考生。

　　最后一科英语考完，高考终于结束。焦虑地等待，热切地期盼，女儿终于回到公寓。我终于可以探听她考试情况了。不等我问话，手机响了，是女儿表姐打来的。她也毕业于这所高中，去年参加了高考，现在一所名校大学就读大一。看来，热切关注女儿高考的不止是父母，还有很多亲朋好友（后来微信问候也接踵而至）。从女儿跟她表姐的对话中，从女儿的表情中，我便知道了个大概。于是，没必要再过问。她自认为没有发挥好。她说高考就是跟时间赛跑，只能埋头赶写，马不停蹄的，本来很多题目可以答得更好的，但容不得她停下笔来思考，组织更好的语言。十年磨一剑，却没把剑使用好。所以，她感到很遗憾，很不甘心，甚至很委屈。

　　泪水汹涌……

就让她哭个够吧，她太需要释放了。

释放后她便释然了，她说自己已尽力了，之所以没速度，是赛跑能力有限吧。过后，她显得那样轻松快活，那样朝气蓬勃。

2019.7.8《河源晚报》

# 楼顶上的一抹绿

这个冬季，天空很蓝，阳光很灿烂。

楼顶上沙土堆的野草，过早蔫黄了，显示出如北方的肃杀。当然，蔫黄再久，来年，春风吹又生。

只是，不等来年，野草已消失。那是我上楼顶晒被子时发现的，不仅野草消失，且沙土已松，整平成畦。

我把此况当作八卦，传播给丈夫。丈夫一拐一拐地爬上楼顶去证实，然后猜测：八成是楼上的何大姐干的，她刚退休，闲不住，是想种点什么吧。

我没时间跟他一起猜测，匆匆上班去，早出晚归。

晚归来，发现丈夫笑眯眯的，那是久违的笑容。丈夫因病致残后，就变了个人似的，暴躁，忧郁，颓靡，不愿见人，也不愿做事，整天躲在家里，用他健康的左手在电脑或手机上打游戏，似乎要把自己的余生也快速打尽。本来，医嘱必须积极锻炼身体的，可任你刚柔并济费尽心机，也无法把他从游戏里拔出来，像那些玩手机上瘾的学生，学生还能被转化，他却坚如磐石。

没想到，他还会笑，很兴奋的样子。他告诉我，楼顶的沙土堆是何大姐和另外几户女主人一起整好的，今天种上青菜苗了。她们让我每天负责给菜浇水，看，大喷壶她们都给我准备好了。

丈夫用残疾右手吃力地举起喷壶，就像举起沉重的奖杯。透过奖杯，我看见有晶莹的东西滴落。我还看见，窗外，楼上斜射下来的灯光，如白天的阳光般灿烂。

同楼 10 多年，我深知，何大姐是个热心人。为了让我丈夫积极锻炼身体，她也没少出点子。她让他每天下楼帮她取报纸，并叫他先看，说自己很忙。我感激并佩服她的妙招，她却笑道，说人都这样，可以不应承自家人交代的事，但不敢不应承别人家交代的事。

果然如此，取报看报，成了他每天雷打不动的节目。

如今，何大姐又想出一招，让他每天上楼顶浇菜。

他也欣然答应。

楼顶其中一户敞开大门，让丈夫任意进出，方便接水。

此户人家，我们并不熟。其实，除了何大姐，我们与其他户主交往都不多，相遇时打个招呼而已，面熟，心却生。城里一个个小区，小区一栋栋楼，楼里一格格火柴盒似的住户，谁不是如此？进门便关，活在自己世界里。

可我想错了，火柴盒里一样很多热心人。

也许正因为她们的热心，感染了丈夫对浇菜的热情与执着。

打那天起，清晨，我起床，他也跟着起床了，这是从没有过的事。之前，他爱睡懒觉，即使醒来，也赖在床上玩手机。他起床的第一件事，便是拿起喷壶上楼顶去了。我早餐做好了，他浇菜也回来了，共进早餐，不再是我一个人吃，留给他的变冷。

黄昏，我下班回来，见他一脸笑容，一身轻松，便知他完成下午浇菜任务了。他说，劳动真快乐。共进晚餐时，他变得谈笑风生，谈怎样发现菜虫捉菜虫的事，谈一些户主帮他拔菜草的事，谈一些小屁孩争玩沙子或喷壶的事。那状态，让我感觉回到了以前，又看到了风趣幽默的他。晚餐虽简单，我却嚼出了丰盛。

冬季干旱，丈夫每天早晚各浇一次，跟母亲在老家种菜一样，从不缺席。有个周末，我们去亲戚家做客，直到晚上才回来。一回来，他便念叨着要上楼顶浇菜，叫我帮忙提一喷壶水上去。我说黑灯瞎火天寒地冻的，明天早上再浇不迟。他却坚持要浇，说干燥一天了，菜苗跟人一样，不能缺水。执拗不过，只好顺他。用手机电筒照明，惊讶地发现，沙土湿淋淋的，有些菜叶还藏着水珠。显然，有人帮忙浇过。谁？不必问，丈夫说，大家都爱着这抹绿，守护着这抹绿。

每天，丈夫都要说说青菜的长势，芥菜长三片叶了，上海青长四片叶了，萝卜高二寸了，香菜高三寸了。说得眉飞色舞，成就感溢于言表。我只是附和，很少去看究竟。个把月后，丈夫告诉我上海青长大了，让我去摘。我说何大姐她们种的，就摘送给她们吃吧，一起分享劳动成果。

摘菜时，恍惚间，我以为走进了母亲的菜园，只有母亲，才能种出如此旺盛的青菜。一棵棵，虽歪歪扭扭，却奋力向上长着，水淋淋，鲜嫩嫩，绿油油的。在这个寒意渐浓、草树俱衰的季节，这些青菜反而充满生机，给楼顶，给季节，给心田抹上一层最亮的颜色——绿色。

　　那是充满爱和希望的颜色。

2019.12.21《河源日报》

# 寂寂芙蓉花

不知是我感觉迟钝，还是秋天步履蹒跚。

一场雷雨，终于割走了秋老虎尾巴，送来清凉慰藉。风吹散了云，天，突然变得湛蓝而高远。翻开日历，时值秋分节气。

望望远处的山，依然那么勃发，那么灵动，似乎还多了几分绚烂。只为"不负秋光不负山"，偷得浮生半日闲，约三五好友，便往山里行。

行至山腹，发现"白云深处有人家"——一幢三层小洋楼，米黄色墙面，琉璃瓦屋顶，崭新，气派，而又精致。还有前庭后院，围墙围着，很宽阔，种着名贵的花草树木。咋一看，便知是有钱人的房屋，堪称别墅。近几年，有些山里人，在城市淘金，发达了，在城里买房安家，但还是觉得失去了什么。原来，是根，是魂，还在山里，在生养自己的地方。于是，又回到山里，把老屋推倒，或另择地基，建成豪华楼房，前是宽阔地坪，后是青黛大山，拥抱着大自然，活活一个大氧吧，那可是城市千百万倍价格的别墅也无法比拟的。

　　我们在围墙门前驻足片刻，左看右看，上看下看，啧啧称赞，羡慕有加。门开着，却不见人进出，也没听到人声，冷冷清清的。我们再绕围墙往楼后走，在围墙转角处，有个破旧晒谷坪，坪边却立着一树花，比围墙高的一树花，五彩缤纷，婆婆娑娑，袅袅婷婷，就像身着彩裙的美少女突然从转角处闪现，向我们华丽走来。近了，我心头一颤，这不是芙蓉花吗？刹那间，有猝不及防之感，也有恍如隔世之感。

　　多像我失散多年的老师。

　　细细想来，有 30 多年没见了吧。可以说，平生最早认识的花，就是芙蓉花。

　　记得上小学，意识里才有花的概念。那花就在眼前，那么直观。一树一树的花，开在校园里，开在秋天里。每个课间，都被那花吸引了去，跟着同学们涌出教室，赛跑似地冲向花树下，争着捡拾落在地上的花球。听到同学们叫"芙蓉花"，我才知道是芙蓉花。那时，感觉全校的同学都在芙蓉树下，人挤人，人多花球少，靠眼明手快，争着抢着。就像池塘里的鱼，一把鱼饲料撒下，大大小小的鱼轰地围过来，甩头摆尾，泛起阵阵涟漪，水活池亮。印象中的小学校园，就是这样的池塘，生机盎然。

　　捡拾的芙蓉花球，有同学当沙包，你扔我，我扔你。也有人当项链，用细绳串起来，挂在脖子上，带回家向父母炫耀。还有人用来煲糖水喝，那是个漂亮的年轻女老师。某个中午放学，我路过那个老师宿舍门前，那时很多老师在门前起炉子生火。我发现那个老师抓了一大串晒干了的芙蓉花球，放锅里煮水。当时我很好奇，上前围观，嘀咕道，这花能吃的？老师一愣怔，突然笑了，笑靥如花，她答，能吃呀，当凉茶喝，清热解毒。

我不懂，捡拾的花球依然用来玩，从未想过送给老师，或自己煲水喝。直到今天，时隔30多年，再遇芙蓉花时，才想起它有什么药用价值和功效，便立即拿手机上百度：芙蓉花具有清热解毒、凉血止血、消肿排脓等功效，还有美容美颜效果。

我突然觉得那个老师真了不起。

上三年级，刚好那个老师教我们语文。初学写作文，老师就让我们写芙蓉花，说此花很神奇，一天有三变，请认真观察，把观察到的情况用文字表达出来。我们那天真就认真观察起来，惊奇地发现：早上白色，中午粉红，傍晚已成深红。早上和中午的花朵完全舒展开来，一朵一朵地开在枝端，花瓣呈扇形，共五瓣，拼围起来，大如巴掌，花蕊颜色不变，一直是黄色。到了下午，花瓣渐渐收拢，像蔫了似的，到了晚上便完全合拢了，如一个个红灯笼挂满枝头。我取名为《神奇的芙蓉花》，还把它跟语文老师联系起来：像语文老师撑的那把粉红的小花伞，像语文老师穿的各色连衣裙。老师有好多裙子，假如全部挂在树枝上晒着，是不是也像一树芙蓉花啊。好美好美。我长大了也要穿鲜艳的裙子，而不是总穿姐姐留下的、灰不溜秋且不合体的衫裤。

老师竟把我的作文当范文读了，说我很有想象力。

我上四年级时，那个语文老师却调走了，听说调大城市去了。终究没再见过她。我常常想，大城市应该也有芙蓉花吧？或许更美。

后来，我还常常想，我能成为一个文学爱好者，偶有小文见报，也是那个语文老师铺就的基石吧。可以这么说，她就是我作文的启蒙老师。而芙蓉花，就是我写作的启蒙花。

　　只是，曾经生机勃勃的母校，不知哪一年，竟寂寂无声，再不见芙蓉花了。又不知哪一年，学校也不是学校了，而改作私人老板的工厂。

　　不知道，语文老师是否回来过？是否记得学校的芙蓉花？是否知道学校已不是学校？

　　我只是想告诉您，虽然学校没芙蓉花了，但小小村落里还有，在这个迟来的秋天，被我撞见了。山村寂静，只有一树花喧闹。

　　可我却想起王维诗：木末芙蓉花，山中发红萼。涧户寂无人，纷纷开且落。

2020.10.29《河源日报》

# 母亲的院墙

钟小巧

我的父亲母亲，一直住在乡下老家。养大儿女，又带孙辈。如今，孙辈也已长大，纷纷飞离老家。父亲母亲，也年迈了，守着老家，哪也不去。父亲两耳不闻农事，一双沾满泥土的老脚，硬生生地缩回，整日与吃皇粮的老爷们一起，过麻将生活。母亲却相反，丢不下跟了自己一辈子的农活，子女不允许种田，那就与院墙为伴吧，在院墙播种子，种下杂七杂八的植物。

经一番雨水的洗礼，植物在院墙下越发生机勃勃了，如挤油的少年，正憋足劲。

东墙的枸杞已伸出一尺来长的枝叶，鲜嫩翠绿，可以入汤了。一棵十几枝。母亲种了三棵，可以煲好几锅猪杂汤呢。枸杞猪杂汤，家乡的特色汤，饭店里取名为"全猪汤"，清肝明目，入心入肺，总让人心心念念。我似乎也舔到它的鲜甜了。

枸杞头下，紫苏又冒出来许多，那千军万马的紫褐色，让我想起了喜欢吃的紫苏鸭。把紫苏剁成泥，和蒜蓉一起做蘸料，鸭是白切鸭。客家人都偏爱白切做法，如白切鸡，原汁原味。蘸过紫苏的白切鸭，味独特，独特的芳香，独特的浓郁。我们一大家子都喜欢这个味道。以前穷，鸭肉不常见，单用紫苏蘸料就饭或粥，不用其他菜，都能吃得饱饱的。后来，知道紫苏有解表散寒治感冒疗效，便多了份喜爱。母亲也因此从别处移来一棵。紫苏，就像革命种子，种一棵，不久便可燎原，墙根下满是，自觉生长。

西墙一片鱼腥草，原先趴着地的，好像瞄准了墙根，也要往上蹿了。前几年种的金银花，也爬上墙了，婆娑的绿叶间，还闪出几簇花，花柄如银针，花朵如金链，金银合体，怪不得叫金银花。母亲把全盛开的花朵摘下来，一天也只有那么几朵可摘，随摘随晾晒，晒干后，集在瓶子里，然后分送给子女，叮嘱暑天多喝，别动不动就上医院，上医院，动不动就几百几千元啊。记得以前，谁有个头痛脑热，母亲用的就是鱼腥草、金银花，或单独用，或两者合用，泡水喝。它们最初不长在院墙上。鱼腥草的祖籍在山野的田塍地沟里。年少时，跟母亲去很远的山田拔花生草，母亲生怕我草没拔掉却弄死花生苗，就让我拔田埂上的鱼腥草，那不是一棵一棵地拔，一抓就是一撮，同时拔起，莎啦啦，一下子就能拔一大把。母亲笑了，把它抱到沟里冲洗干净，就地晾晒，待回家时一起带回。我不喜欢拔鱼腥草，但又不得不拔，农家的孩子，谁不用干活呀。新鲜鱼腥草味道太难闻太呛人了，拔过的手，腥味久久不散。那时，老家没有谁吃新鲜的，都是晒干泡水当凉茶喝。现在有人认为鲜吃更好，可不容易找苗了。曾特意去原来的山野找，却连鱼腥草影子都不见。还是母亲精明，知道宝贝物种越来越稀有了，便移植自家院墙下。金银花也是母亲从深山老林找来的。

像枸杞、鱼腥草、金银花这些清热解毒的草药，老家人统称为"凉水"。村里的留守老人，有个头痛脑热，也常常问母亲索要"凉水"。母亲几乎是有求必应，有时是现摘，有时是藏品。

2020年春节，恰遇新冠病毒来袭。母亲眼中的病毒，就是热气。母亲时不时用鱼腥草和金银花泡茶，逼着在老家过年的儿孙们喝，说年菜热气，用"凉水"解解，预防总是好的。儿孙们无法及时返工，又不能出门串门，目之所及的，是院墙零零星星、参差不齐的绿。弟弟觉得不好看，便网购了三角梅、玫瑰花、海棠花、芍药花等观赏花，想种在院墙下，要把母亲种的所有拔掉。母亲厉声喝止，说，这是我的地盘，不许乱动。弟弟气鼓鼓地嘟囔，花多好看，可美整个屋子。

我不禁想起某年春晚的一个小品——婆媳之战。因花盆种啥而战，儿媳种花，婆婆改种菜、种葱、种蒜，儿媳气呼呼地拔掉，婆婆又兴冲冲种上，如此三番。公说公有理，婆说婆有理。其实，都无可厚非，只是观念不同罢了，城里人与乡下人的观念，老人与年轻人的观念。

母亲是实在人，要的就是实在物。母亲说，有花有叶，哪里不好看？又好看，又好吃呢。

好吃的还有许多。那面北墙，母亲种了很多常吃的时菜，如麦菜、芥菜、花菜、茄子、苦瓜、丝瓜、黄瓜、豆角等。绿色瓜叶，黄色瓜花，长长短短大大小小的瓜仔垂挂墙上，还真好看。待到丰收季，母亲便想方设法托人捎给子女。我住本县城，近水楼台，是获得最多的一个。那不打农药不施化肥的绿色食品，城里哪能买到？自家吃不完，母亲还送给邻居们吃。

墙角处，是近似野菜的鸡麻菜、红贝菜等，不用打理，兀自长着，生生不息，就像以前的农村孩子，没人操心，也不用操心，一样有出息。大门旁侧，即南墙，母亲种了辣椒、葱、姜、蒜等。有时炒菜，炒着炒着，发现少了点调味，火也不关，就移步南墙下，要什么摘什么，极为方便。

母亲曾说，这满院墙的植物，就是我的儿孙啊。

2021.5.23《南方日报》

chapter

05

▼

碎碎个事

第五辑

# 青青“大蛇药”

　　冬日，一群驴友徒步，环山而走。山是被“开发”过的山，种了同一树种，山路也是人工打通的，虽是土路，但宽阔，行走于此，没有绿树浓荫，放眼望去，尽是枯黄芒草，才种一年多的小树苗远不是芒草对手，如丧家犬伏于芒草脚下。整座大山，单调至极。

　　在单调景中徒步，不免倦怠。可有驴友突然兴奋了，一阵惊呼，那是看见路边的一摊绿叶黄花，七扭八拐的蔓藤缠绕着芒草向上攀爬，铺陈于芒草之上，欣欣然享受着冬日暖阳。貌似山茶叶却比山茶叶大一倍的叶子，青翠欲滴，叶间的串串黄花，貌似金银花却比金银花更金黄，黄灿灿，金闪闪。茫茫芒草中，如鹤立鸡群，如万绿丛中一点红，惊艳，妖孽，似乎在向芒草示威，向大山示威，向冬季示威，甚至是向人类示威，无不显示着它强大的生命力。有人忙拿手机拍照，还有人想伸手采摘，说是金银花。我一箭步过去拽住那只手，吼道：“有毒。”其他人哄笑起来，唱什么“路边的野花不要采”，还鹦鹉学舌地说“有毒”。

真的有毒，剧毒。知道这是什么吗？不识其真面目但知其名啊，说出来吓死你们，叫"断肠草"。我可笑不出来，惊惧得说话都变调了。

一阵死寂后，他们轰地跑开了，真如"谈虎色变"。他们都知道本市曾曝出的一则新闻：外婆把"断肠草"误作金银花，采摘来熬汤给外孙女喝，结果外孙女一命呜呼。

断肠草，我们方言叫"大蛇药"或"大叶青"。徒步回来后，我特地百度了一下，才得知，叫"大茶药"，因叶子似山茶叶而得名。叫"大蛇药"，也许是我们客家方言谐音的讹传吧。叫"大叶青"更形象，叶子青青，青得发亮，青得鲜嫩，好像光阴与它无关，就那么一年四季青着。

其实，这种毒药，还有很多名堂，如某某名片列满的头衔，葫蔓藤，金钩吻，烂肠草……据记载，其浑身是剧毒，主要的毒性物质是葫蔓藤碱，食后肠子会变黑粘连，人会腹痛不止而死。

这种毒药，于我，于农村长大的我，如见红薯般熟悉。那时，它上演了太多的人间悲剧。每每想起，仍心有余悸。

我小时的玩伴，一个活蹦乱跳的女孩子，上山割草，看到金黄色妖艳的花，不知是啥花，只知道很美，摘下来，把一些插在发辫上。爱美之心，人皆有之，小女孩也不例外。还有一些，放进嘴里，说尝尝是不是跟蕉芋花一样甜。她说的蕉芋花，谁家墙角都种有，我们常常摘来吮吸花蕊的汁液，很甜。想不到，好奇心却夺去她的性命。来不及说甜或苦，她已捂着肚子就地打滚，口吐白沫，瞳孔散大。同伴呼喊附近的大人救命，大人背着她跑了不到一里路，她已停止了呼吸。

　　一个鲜活的生命，就这样，如流星瞬间陨落。事后，大人们才告诉我们这些小孩子，她吃的是"大蛇药"，不仅花很毒，叶、根、茎都很毒，并告诫我们：千万别吃，鸡毛不是拿来试火的。

　　大蛇药，在我幼小的心灵里，阴魂不散……如果，大人们早些教我们认识大蛇药，悲剧就不会发生了。

　　她成了一页活教材。自那以后，母亲也啰啰唆唆地教我辨别野花野果可吃不可吃了。用今天的话说，就是教我人要有安全意识。母亲还常常告诫我说，别不把自己的生命当回事，世上，很多东西是尝试不得的。

　　可有那么一次，母亲她自己，却故意而为之，差点走上不归路。

　　那年我12岁，夏种时节，父亲耙田，母亲插秧。不知怎的，他们吵了起来，越吵越激烈，脾气暴躁的父亲竟对母亲大打出手。母亲浑身泥巴地哭着跑开了，留下我们几姐妹在田里，低头继续插秧，大气都不敢出。当时，在田间劳作的人很多，也看把戏似的，没人劝架。都司空见惯了，他们小吵天天有，大吵三六九。都说"贫贱夫妻百事哀"，我在很小时候就见识了。不知过了多久，一位邻居大妈路过我田头，小声对我说："刚才路上遇到你妈，扛着一把大蛇药，怎么回事？你快追上去看看吧，以前阿刘婆就是吃大蛇药自杀的。"大妈说的阿刘婆我没见过，但听说过，是夫妻吵架后自杀的。我脑袋"嗡"地一下，却想起那个被大蛇药毒死的玩伴，不禁大哭起来，一路疯跑。直跑到屋角旁，才看到母亲。她正从茅厕出来，手里拿着镰刀，头发凌乱，眼睛红肿，浑身泥巴。"妈……"我脚一软，跪下了。母亲却说，傻妹子，我割大蛇药是放粪池里沤肥的，不是吃的，你们还小，我怎舍得死？

我跑进茅厕去看，果然，粪池里撒了一层青青的大蛇药。大蛇药还可作肥料？我不知道。直到今天百度，我也没有搜索到它有此功效，只说可治皮肤湿疹，体癣，脚癣，跌打损伤，骨折，痔疮，疔疮，麻风，还可杀蛆虫、孑孓。都是外用。

只能外用。

大蛇药，让我这样地触目惊心，又这样地刻骨铭心。

**2015. 12. 2《河源日报》**

# 女人如花

　　3月，春渐暖，各种花次第而开，开在山冈田野中，开在门廊庭院里，开在文人墨客的笔下，开得清清爽爽，开得妖妖娆娆，开得浪浪漫漫。

　　请问，你，最爱哪种花？

　　我说，最爱女人花。女人，因了"三八"，如花，可以在这个叫社会的花园里争奇斗艳，可以在那个叫男人的绿叶中扬眉吐气。

　　其实，女人，一生如花。记得两年前，曾跟团韩国游，此团几乎是女人，有大妈，有少妇，也有未婚女人。一个浓妆艳抹的韩国女导游来接机，一见面，就比手画脚大惊小怪起来，说怎么个个素面朝天面容憔悴得如枯叶似的？旅途再劳顿也不至于这个样子吧？女人是花呀，无论何时何地，都要把自己当作花呀。韩国女人无论老少，都把自己当花看待的，出门总把自己修饰得清清爽爽鲜鲜艳艳的。不化妆，是觉得对别人的不尊重。总之，出门不素面，素面不出门。导游的夸大其辞固有推销化妆品嫌疑，这是职业使然。但细想下，又觉得无不道理，都说"三分人品七分打扮""人靠衣装马靠鞍"嘛。在旅游大巴上，导游还让我们猜她的年龄。大家面面相觑，说实在的，还真不好猜，有人说28，有人说38。她说她48了。这可让一车女人炸开了锅似的，直到她拿出身份证对质，才深信不疑。赞叹声一片，讨保养秘诀声一片。导游说，如果一生都把自己当作花来保养，那你无论多少岁都是花。

是啊，女人一生都是花。不是有这样的流行说法吗？20岁的女人像莲花，娇艳欲滴；30岁的女人像玫瑰，芬芳迷人；40的女人像牡丹，大气磅礴；50岁的女人像兰花，从容淡雅；60岁的女人像棉花，温暖平和。

广东人爱穿休闲装，甚至把睡衣也当休闲装，亮相于大庭广众。有媒体曾报道过，每到炎热夏天，在广东一些地方，穿着睡衣，趿拉着拖鞋，漫步公园或游逛闹市的人比比皆是，女人尤甚。这种现象为哪般？休闲乎？雅观乎？传统乎？这并非广东的民情风俗。查阅地方史，并无此传统。反而看过台湾作家龙应台写的《什么叫做文化》一文，有这么一段话：胡兰成描写他所熟悉的江南乡下人。俭朴的农家妇女也许坐在门槛上织毛线、捡豆子，穿着家居的粗布裤，但是一见邻居来访，即使是极为熟悉的街坊邻居，她也必先进屋里去，将裙子换上，再出来和客人说话。穿裙或穿裤代表什么符号会因时代而变，但是认为"礼"是重要的——也就是一种对自己和对他人的尊重，在农妇身上显现的其实是一种文化的底蕴。

我说，这样的农妇也是花。以"礼"滋养的花，朴素、清爽、耐看。想想，旧时的农妇尚且讲究仪容，更何况都有知识的现代女人呢？我是广东女人，每每路上遇到穿睡衣的人，尤其是少妇，自己先脸红，不禁替她害臊。要知道，即使再名贵的睡衣，也是睡衣，是居家穿的，是睡时穿的。

女人如花，无论如韩国导游以脂粉装扮的妖艳的花，还是如江南妇人用礼数滋养的朴实的花，一样芬芳怡人。

2016. 3. 26《河源日报》

# 只想安静地教书

人生兜兜转转，今年初秋，我又一次身份转换——重回教坛，再做教书匠。

都说，好马不吃回头草。我承认，我是匹劣马。

曾教书16载。2012年，离开教坛，去县里做新闻采编工作，所谓的"记者"。我曾在《我这个无牌无照的记者》一文说过：老师和记者，都是崇高职业，老师默默奉献，记者替弱势群体讨公道。而当下的我，似乎无关高尚，只为生存。生存，永远第一位。

适者生存。若你在一个地方无法生存下去，还有退路的话，那就选择离开，想方设法地离开。在这个人生十字路口，交警是自己，自己选择要去的方向。

在教书生涯里，曾有那么一段时间，常常听到一些抱怨，包括我自己。教书多么辛苦，备课，上课，改作，晚修，早出晚归。教师地位又是那样卑微，得不到认可，得不到尊重，领着撑不坏饿不死的可怜薪水。而那些公务员，朝九晚五，坐在夏天开冷气冬天开暖气的办公室里，或一张报纸一杯茶，或边网游边吹牛。吃香的，喝辣的，昂着头颅踱方步的，灰色收入一摞一摞的……对比之下，多少人已心理失衡。于是乎，跳槽的，转行的，挤着独木桥报考公务员的，比比皆是。

我并不向往公务员，说"吃不到葡萄说葡萄酸"也罢。我崇尚足迹自由，喜欢思想驰骋。自认为，记者便是。记者能给我许多活生生的素材，能捕捉稍瞬即逝的灵感，还能给我充足的时间阅读，给我充足的时间幻想。刚好，那时正有这么一空位，我毫不犹豫地填充进去。

都说，理想很丰满，现实很骨感。我信。像这样的小阵地，不比那些内容广泛形式多样的大阵容。当然，其能率先与时俱进，也是相当不错的——从纸质，到网页，再到微信，如川剧变脸，瞬间完成转换。只是，我这个步履蹒跚、脑子不活的人，总有一种应接不暇、喘不过气的感觉。不会就学，不懂就问。说是这么说，而真正付诸行动，用尽洪荒之力，却收效甚微。做的，常常是无用功，投稿命中率堪比国家级报刊。按优胜劣汰规律，我必出局。我庆幸我还有自知之明，被动淘汰，还不如主动退出。

退回到教育行业。我还适合做什么呢？手无缚鸡之力，又无一技之长。还好，没有把老本行扔掉。拿着教师资格证，拿着中级教师技术资格证，拿着曾获县级校级的荣誉证书，去换取那份恻隐之心。我不懂说什么，也说不出什么，只掏出内心深处最真的一句话：我只想安静地教书。

是的，我只想安静地教书。尝试了其他职业之后，才知道，其实，许多职业也如"围城"，进去的人想出来，没进去的人想进去。当然，这无关福利问题。我只想远离尘间的喧嚣，远离俗世的纷扰，不与人争，不与人非，不必阿谀奉承，不必察言观色，不必被人颐指气使。与学生打交道，多么放松，多么纯真，多么实诚。

把这颗简单的心，交给学生。

2016.9.10《河源日报》

# 潇潇秋雨　悠悠闲书

"对潇潇暮雨洒江天，一番洗清秋……"读着柳永的《八声甘州》时，正是这种天气。

台风，暴雨，放假。好在，我们山区，只是潇潇雨。那也得避于家，家是安全的港湾。于是，"偷得浮生半日闲"。

闲里，一卷闲书，一杯清茶，足矣。不必正装，宽宽松松的休闲服，如一只慵懒的猫，蜷伏沙发，悠悠啃着如鱼般美味的闲书。是闲书，无功利无障碍的闲书，能怡悦性情能澄澈心灵的闲书。李清照诗云："枕上诗书闲处好，门前风景雨来佳。"

是的，雨来佳，潇潇秋雨，正是时候。有人说，阅读闲书，适合与音乐相配。何须音乐？或者说，窗外的雨声，就是最美妙的音乐。"凭栏静听潇潇雨"，铮铮然，如大珠小珠落玉盘，那种清脆，那种悠扬，那种曼妙，还有什么比自然界的音乐更让人陶醉？在雨声中冥想，在文字里徜徉，兴之所至，或颔首微笑，或蹙眉沉思。日常的烦恼，尘世的喧嚣，被统统抛之脑后。渐渐地，心灵丰饶成一片浩荡无边的花田，色彩缤纷，香气氤氲。

久违了，喜爱的闲书，娴静的时光。只因，近几年，随着微信盛行，不知不觉间，我也成了低头一族。早上，起床第一件事，打开手机，看看昨晚遗漏的各路消息。晚上，睡觉前的闲暇时光，也是在手机上度过。甚至半夜醒来方便，也要摸摸手机。更别说走路、吃饭，捧着手机不放。为朋友圈点赞、评论，在微信群抢红包，和微友私聊，再就是点击新闻，点击养生之道，点击心灵鸡汤，阅读不成文的文章，变成无聊、无趣之人。漠视身边人，一起相聚，却各自低头玩手机。冷淡了枕边书，购买的大部头、订阅的报纸杂志，摞得高高的，依然崭新。"逝者如斯夫"，装进脑子里的，却是无。

想起了一个词：碎片化阅读。李大白的《碎片化阅读会导致"低智商社会"吗》有这么一段话："碎片化阅读消耗的不仅是逻辑思维和判断力，更是你的兴趣和时间，会造成很难在一件事情上集中精力。全社会的认识途径和趣味在逐渐被拉平，从农民工到学者，无一幸免。"

是这场潇潇秋雨，才把我拉回到纸质阅读中。读读唐诗宋词，自会觅得千古知音，与之进行一场穿越时空的对话，"嘈嘈如急雨，切切如私语"，温润心田，撞击灵魂。而后，捧起《再袭面包店》，村上春树的先锋小说。自看过《挪威的森林》后，便爱上他的小说，爱他的妙语如珠，爱他的天马行空。再者，翻翻茨威格的《一个陌生女人的来信》。这是一部短篇小说集，对喜欢写微小说的我，总有那么多的借鉴意义。还有很多很多的闲书，排队等候着，被喜爱，被关注，被触摸，被咀嚼。

潇潇秋雨中，散发着一屋子油墨芳香，如悠悠江水，让凡俗的日子变得如此宁静。

2016.11.3《河源日报》

# 富养女

在我女儿还未出生前，就经常听人教诲：女儿要富养，儿子要穷养。

自己真就这么做了。胎教时，天天放古典音乐，自己听不懂听得耳朵起茧无所谓，只希望女儿有音乐细胞。女儿学爬行时，时时抱着不许她着地，担心弄脏衣服弄脏手脚。女儿学说话时，整天教她读唐诗，读不清晰读不完整无所谓，只希望她多点文学素养。女儿上幼儿园后，为了培养"淑女"范儿，给她立下更多"清规"。如走路不许蹦蹦跳跳，要挺胸收腹，一小步一小步走；说话不许大声喧哗不许说粗口，要轻声细语；吃饭不许狼吞虎咽不许掉饭粒，要一小口一小口慢吞细咽……

一次，带女儿回乡下娘家，看到一群小屁孩捏泥巴、丢沙包、追蝴蝶，玩得不亦乐乎。女儿好奇地走近，很想加入他们行列，却被我一声令下缩了回来，我训道：女孩子要干净，要文静，这么野，这么脏，成何体统？不曾想，之后再回乡下时，女儿却怎么也不肯回了，说，外婆家门坪里很多鸡屎，又脏又臭，不去。

还常常给她讲公主和王子的故事，把她打扮得漂漂亮亮的，让她上兴趣班，学跳舞，弹钢琴。因此，她天天吵着要穿公主裙，要编花辫子，才肯上兴趣班。

一个周末，我出差了。她爸不懂编花辫子，给她胡乱扎了个马尾辫，她竟趴在地上哭闹，说这个丑样子王子会不要我的。她爸哭笑不得，只好叫邻居阿姨帮忙编花辫子。差不多编完了，她一照镜子，又趴地上，揪着头发大哭大闹，说不是这样编的。邻居阿姨编了一次又一次，她都不满意。兴趣班上课时间已到了，她还在耍赖。她爸怒火冲天，不要这个"辫子"就给那个"鞭子"。直到我回来，怒火仍未消，冲我吼，都是你给惯的。

不觉间，真就把她惯成"公主"了。饭来张口衣来伸手不说，穿要名牌，总爱说她班上某某同学的鞋子什么国际名牌，某某同学的衣服什么知名品牌，某某同学的书包又刚上市的等等，有些牌子我连听都没听说过，她和她同学却能如数家珍。吃也精挑细拣，这吃了会胖，那吃了口臭。至于干家务，她就更不会了。我不需要也不能让她干，这是"粗人"干的。自己是"粗人"一个了，怎么也不能让自己的下一代也成"粗人"吧，她好好学习就是了。

有一天，发现她的卧室邋邋遢遢的，牛栏一样，让人不忍看一眼。我仅外出两天而已。她已是个六年级女生了。我压住火气问，以后嫁人了谁帮你收拾？老公呗。若他不呢？我不会请保姆吗？说得轻巧。保姆谁都请得起吗？她成熟而又幼稚的回答，让我突然意识到，富养，要不得。多少父母，如我一样？看过一则报道，说闪电离婚的。男女双方都是富家子弟，家务事从不沾手，回父母家吃又远，上饭店吃又贵又不卫生，整个家乱七八糟，折腾了一个多月，双方都筋疲力尽，谁也无法忍受谁，只好离。

想起我在乡村小学教的学生，女儿的同龄人，做家务，干农活，轻的，重的，都会做，和我小时候一样，不怕苦，不怕累。父母常教育道，人，做不坏的。可我在城里教高中时，很多女生，遇到大扫除总推卸责任，伸出纤纤玉手娇滴滴地说，我妈都不让我做，会做粗手的。我特意去了解她们的家境，发现，有优越也有一般的，但为了女儿更漂亮更有"范儿"，都不惜血本，宁愿自己省吃俭用。她们面容姣好，身段窈窕，声音甜糯，眉眼生动，看上去都很文艺优雅，似乎一个模子出来的。记得一个作家说，这样的美女最终会有一股浓浓的塑料气息，像流水线批量作业的成品。

女儿也要变成这样的成品吗？不，我必须尽快把这盆花苗从温室里搬出去，接受风吹雨淋。

2017.3.15《河源日报》

# 五月的花海

5 月，大地葱茏，但并非"绿肥红瘦"。

油桐花正盛，如皑皑白雪，挂满枝头，使人不禁想起"忽如一夜春风来，千树万树梨花开"诗句。油桐花，比梨花白得更纯洁，更晶莹，更耀眼。在我家乡，油桐这种乔木，曾经人工种植，只为摘果，卖点零钱，补贴家用。后来，乡亲们都外出挣钱了，连田地都舍得扔掉，更别说油桐。于是，油桐就在那屋后、坡地、山边，自由繁殖，自由生长，长成粗枝大叶，如伞如盖。每到 5 月，绿白相间，绿的叶，白的花，花比叶更争强好胜，一簇簇，探出头来，用最灿最美的生命点缀成花海。微风轻拂，那些白花，飘飘洒洒，如鹅毛大雪纷纷扬扬，所以乡亲们又叫它"五月雪"。徜徉这片花海，闻着花香，听着花语，裹着花絮，便有了一场花醉，醉得不知天上还是人间。

金樱花也开了，也是白色。与油桐花不同的是，一朵一朵的，不重叠，不成串，清晰明了，立于绿叶之上，如白蝴蝶翩翩起舞，舞于山窝窝里，舞于山沟沟边。金樱属蔷薇科，浑身带刺，长势旺盛，一棵便可葳蕤成海。那些白花，多么像密密麻麻的白蝴蝶漫山遍野地飞，煞是壮观；又多么像丝丝缕缕的白云摇曳起伏，煞是好看。金樱花结出的果，叫金樱子，乡亲们叫它"糖昂果"，也是浑身带刺。记得以前，人们路过它，都对它畏而远之，而近几年，却变得炙手可热，知道它可泡酒，酒能壮腰补肾。

山坡山岗上，更多的是山稔花，可它不像油桐花、金樱花有气势。因山稔树属灌木，不高也不壮，如小树枝。花朵也小，淡紫色，躲在叶片间，不与叶子争高低。每看到山稔花，就像看到山里女孩，纯朴，静美，坚定，在那里默默地绽放，不招蜂引蝶。记得20年前那个5月，我带领即将小学毕业的学生爬山，看到漫山的山稔花，星星点点，蓬蓬勃勃，便忍不住教他们唱《中国共青团团歌》："我们是五月的花海，用青春拥抱时代……"他们就要升初中了，他们将成为共青团员了，他们准备迎接青春了。当然，提前教他们唱，更多的是唱给我自己，唱给我自己的青春。至今想来，激情澎湃的歌声，仍萦绕耳中。

沿山再往上，半山腰至山顶，"最惜杜鹃花烂熳"。白居易用"最惜"，是受风雨牵拌迟了一步，看到的是烂漫的杜鹃花被春风春雨吹落满地。而我，来的正是时候。"五一"假期，家乡举办杜鹃花登山节，我跟着户外群进行了两峰穿越，真正见识了杜鹃花的烂漫。这两座山峰离我娘家不远，可我竟不知道有那么多的杜鹃花，开得如火如荼，开得汪洋恣肆，朝霞漫天般涌过来，让我满眼诧异，满心欢喜，又一次忍不住哼唱："我们是五月的花海，用青春拥抱时代……"竟想不到，后面浩浩荡荡的队伍也唱了起来，尽管青春不再。杜鹃花，细细的枝条，一枝一枝，密密匝匝，花团锦簇，娇滴滴，红扑扑，映红了整个山头，山头顿然生动活泼。因此，也叫"映山红"，但我家乡称之为"石榴花"，跟真正石榴开的花是否一样？我不得而知。我只知道这花拔掉淡黄的花蕊，便可咀嚼，酸酸甜甜，曾是我小时候的最爱。

　　从山脚，到山顶，油桐花、金樱花、山稔花、杜鹃花等等各色山野之花，在 5 月，把整个山装扮得最为绚烂，缤纷，盎然，与青草相融洽，与绿树相映衬。此山如此，彼山也如此。其实，家乡的山山如此。记得"三八"妇女节，曾游过某城市以"花"为主题的公园，那些花，成畦成片，齐齐整整，红是红，黄是黄，紫是紫，分隔得清清楚楚。一样是有生命的花，却让我觉得缺了点什么。不像山野之花，大自然的尤物，经山川溪流，集风霜雨露，暗香浮动，灵气十足，十分耐看。

2017.7.20《南方日报》

# 爱心书屋诞生记

2017年儿童节，看到朋友圈有人晒为乡村小学捐书的照片，突然我灵光一闪，何不发动发动"微友"为我校捐书？虽然我校属乡村初级中学。

一直奉承星云大师的话：一个人的生命在于阅读，一个学校的生命在于图书馆。但一个乡村中学，哪有馆？有室已不错了。如我校，窄窄的半间教室，两排架书，两排桌凳，只可容纳10多人，称之为阅览室。隔着楼梯的另一边，还有半间教室，为藏书室。所藏的，大多是养殖类科技书，与初中生不搭边，尘封着。

我只想把语文连堂课，分一节作阅读课，带学生到阅览室，营造纸质阅读氛围，使其爱上纸质阅读。这个年代的学生，被电视电脑手机充斥着，本就不怎么看纸质书了，若没氛围，不加引导，那"学富五车"只成永远的传说了。学校，也将成知识的沙漠。

这是我的母校。虽然我刚调来不久，虽然我只是普通教师，但自认为，我有责任，也有能力，为学生做点实事。毕竟，我爱写作，文友遍布全国各地。于是，我把学校图书室的情况及自己的想法发到了朋友圈。这一发，如大石激水，激起一圈又一圈的涟漪。那些文友，都是爱书之人，都怀怜悯之心，都有非常善举。他们帮我转发到自己朋友圈，转发到微信群，或链接到公众号，甚至改成倡议书发到纸质媒体上。如广州文友贺翰，给我发来好多名片，有志愿组织机构领导的，有企业老总的，有书报刊编辑的。又如深圳儿童作家杜梅老师，想得很周到。她转发到很多学校的家长群里，还特意说明：捐书请顺便付了快递费，山区老师不富裕，别增加其负担。还如肇庆市的图书馆管理员小聂，给了我很多建议：除发动热心人捐书，还可让校长出面，接洽县图书馆，在学校设流动点。学校之间图书也可交流，等等。

真是万能朋友圈。一个多月（到学校放暑假时），陆陆续续收到全国各地捐书共5000多册。如福建的一个小学老师，自掏腰包在当当网购了十几套书寄过来。如一个重庆的在校大学生，把自己几年来订阅的杂志寄来。还有各地文友，把自己写的书以及自己看过的书寄来。最多的则来自深圳，学生家长，企业老板，把旧书新书堆一起，一箱箱快递过来。惠州青工作协的盛主席，发动会员捐了一车厢书，叫顺风车送来。即使放暑假了，很多人仍不忘捐书，如河源市致公党，买了几百册初中必读名著亲自运送过来。

这些热心人士，让我感激涕零，让我的学生也如沐春风。每一次收到快递公司通知取包裹时，比自己在大报大刊发表了文章还兴奋，还感动。亲自去5里外的镇墟上取，亲自运送回学校，然后让学生帮忙搬下车，抬上楼，拆封，指导他们分类，整理，我和学生都忙累得满头大汗，彼此却相视而笑。

其实，朋友圈是一把双刃剑。因传播快而广，消息发出去的当晚，便传到了身边很多同行耳中。有好心人提醒我说，此事办不得。或说务必先请示你上司，所处位置不同，看问题角度便不同，别好心办坏事。我只是想让学生多读点书啊，别无他念。但仔细一想，不禁脊骨发冷。似乎无不道理。活到中年了，我办事仍不老到，常凭一时的激情和冲动，好心办坏事，吃力不讨好。我简单，别人却把我想得复杂。重返教坛，重回母校，本来就是撇去名利。我只想安静地教书，总认为，只要对学生有益的，付出任何代价也在所不惜。但现实并不买赤心的账。一个在外工作的老乡，也是此校初中毕业，看了此消息，不是发动老乡为母校捐书，而是发挥他另一方面能力，派某个律师来调查我。我照了照挂在楼梯中间的师容镜，白发，皱纹，素衣，一个普通教师，一介草民。我不富裕，但我都把自己出的书送给我教的每一个学生。我有暗疾吗？我不禁摇头，感到可笑，又感到可悲。为什么？素净净的灵魂，要强加蒙尘？有一滴泪落下，无声。

我愿做一个舵手，哪怕技不如人，也要把学生带到知识的海洋中去，这海洋，便是课外书，便是存放课外书的地方。别像我那个年代，学校出不起一本课外读物，自家也不拥有。只在语文老师宿舍，发现有书橱，书橱堆着一本本厚厚的书，还没征得老师同意，我便把书抱走了。其实是老师读大学的专业书，我竟也看得津津有味，忘乎所以，写周记常引用一些里面的词句，让语文老师划了长长的波浪线，打了大大的问号。

如今，我的学生也像我一样，在帮我整理分类过程中，看到自己喜欢看的书，便挑了出来，坐在那里看，看得入神。放暑假时，还提议借回去看，我欣然应允。这才是我要的结果。如缝隙里的一线阳光，至少光点落在了部分人身上。我想，这也是对热心人的最好回报。

学校有闲置之地，我看准了一个小会议室，桌凳齐全，虽老旧，但我仍认为最合适放置捐来的书了，至少能容纳一个班的学生，成为一间有模有样的阅览室。什么程序啊，手续啊，我不懂。我只在消息发出的第二天，把募捐书籍之事坦诚于上司。

即使是默认，我也认为是对我最大的支持。何况不止是默认。所以，我感激上司通情达理，默默相助。2018 年初，那间闲置的小会议室，变成了真正的阅览室。旧貌换新颜，新桌新凳，新标语，还在门墙上挂起大大的鲜红的"爱心书屋"四字。

爱心书屋由此诞生。

2018.11.23《河源日报》

# 暗　香

如客家公园的三角梅，在冬日里越发繁盛，暗香浮动。

萧殷，我在河源市图书馆遇见了您。

见到您的那一刻，我脸红到脖子根，那不是羞涩，而是羞愧。

羞愧自己孤陋寡闻，还说是个文学爱好者呢，竟然不知道您是我国著名文艺评论家、作家，是新中国广东文艺评论的开拓者之一，是咱河源唯一被载入中国文学史的人。竟然不知道您是龙川佗城人，不知道您的事迹，甚至对您的名字也陌生。

在您面前，我是个文盲——文学盲者。幸好市图书馆有您的一席之地——萧殷文学馆，它如一只导盲犬，把我带进您生前留下的历史文献资料和物品中。

我终于知道了，萧殷是您的笔名，您原名叫郑文生。文弱书生——从您照片能感觉到，也从您同事的回忆文章看到这么一句话，"一个瘦小个儿、戴近视眼镜"。当然，只是表面的。其实，您内心是何等强大，何等坚韧。"他用他柔弱的肩膀支撑众多文学青年走上文坛""他改稿时很认真、专注""他忍着病痛在医院与文学青年面对面谈论文章，或伏在病床上给文学青年改稿"。这些语句，如丝丝春雨，温润我心，震撼我心。

您生于 1915 年，卒于 1983 年，享年 68 岁。您这不算长的一生，可谓经历坎坷，阅历丰富，与国家同命运共呼吸，起落沉浮。只有初中文化的您，17 岁开始写作。但您勤敏好学，博学多才，所以著作颇丰。如短篇小说集《月夜》，如文学评论集《论生活、艺术和真实》《萧殷文学评论集》《萧殷自选集》等。您任过小学教师，去广州读过艺校（主攻国画），任过战地记者，到延安上过鲁艺。鲁艺，便是您人生重大的转折点。在那里加入了中国共产党，在那里任过延安中央研究所文艺研究员和中央艺校教员。之后便一发不可收拾，曾任《新华日报》编委，《文艺报》主编，《人民文学》主编，文学讲习所副所长兼中央美术学院文学系教授等。后又从北京调往广州，任中共中南局文艺处处长，《作品》主编，中山大学和暨南大学教授等职。当然，还有很多虚职与头衔。

其实，在何地谋何职，在其位谋其职，都不足为道。最值称道，最为骄傲的是，您对文学青年的培养与爱护，可谓倾注心血，不遗余力。您有一对火眼金睛，更有一颗坦荡无私的心。正因为如此，所以能发现和培养出像王蒙、唐达成、唐因、陈国凯、王杏元等这样的著名作家、文学评论家。我参加过王蒙的文学讲座，王蒙深情地回忆起您在文学创作方面给予他支持和指导的细节：常常把我叫到家里，拿起我的作品，极其认真又极其详细地分析哪些写得好，哪些写得不好，那带着客家味儿的普通话，以手势助话语，滔滔不绝……王蒙称您是他的"第一个恩师"。

我不禁想起那一个个出色的运动员，站在最高领奖台，举世瞩目，家喻户晓，人们可能永远记得他（她），却不知道他的教练是谁。幕后工作者。我突然想到这个词，形容您最恰当不过了。默默无闻。当然，这也说明了您的低调，如舒婷《致橡树》说：绝不像攀援的凌霄花，借你的高枝炫耀自己。您甘为人梯。

看您与文学青年的书信来往便知，您这个文学导师，就是文学青年的伯乐。您以培养文学新人为己任，每稿必看，每信必复，常常还手把手地指导。看您的那些照片，尤其看到您在生命的最后那年，您在医院的病房里，一手打着吊针，一手捧着稿件，与文学青年谈论的照片……我是那样感动与震撼！这样的文学导师，这样的改稿与指导，在我们今天是难以想象的。或许只能说，我们生不逢时。

这就是您的人格魅力，如暗香浮动，是我们永远学习的榜样。

2018.12.29《河源日报》

# 此处芬芳

广州的冬天如春，我来到暨南大学，我做了一回学生。

那是一周时间的大学生。

虽仅一周，却如花开有声，满地芬芳。

教室是普通的教室，列坐的却是特殊人群——为人父母，有职，有薪，有才——宣传文化之才。其实，于我，如那个森林家园，我只是小小鸟，安坐一隅，默默听讲，静静思考，偶尔望望窗外，看看那些正宗的大学生或匆忙或悠闲的身影。我似乎看到了女儿，她捧起国贸英语书，在正盛开的紫荆花下，朗朗而读，潇洒又专注。她在读大一。现实却是，她以几分之差，无缘暨大。于是，我在朋友圈写道：暨南大学，女儿没上成，我来上了。

只觉有无地自容之感。平生，还是第一次，在大学的教室里听教授讲课。中年大学生，听中年教授的课。当然，那些教授，让我高山仰止。别说那些头衔——教授，博士生导师，某某学院院长，副院长，某系主任等等，也别说社会兼职，如某委员会主席、常委，某行业顾问，专家等等，单是那些学术论文，研究著作，多少篇，多少部，都令人咋舌，令人景仰，令人膜拜。我终于见识了什么叫"术业有专攻"。突然觉得，尽管是一周时间，如漫漫人生路上浅浅的一个脚印，那也是铺着金子的脚印，是多么珍贵，多么值得骄傲。

8个教授的课，内容丰富，各具特色。经济学、传媒学、时政学、科技学等等，涉猎很多领域。针对这个从事不同专业又同一战线的人群，是多么适宜。只是，我喜欢的文学，就像天边飘过故乡的云，切近，又遥远。那些似懂非懂的课程，以及那些如醍醐灌顶的话语，使我明白：学无止境。自己的知识面有多狭窄，自己的见解有多肤浅。文学，需要包罗万象。

虽然，我能学以致用的东西不多，但总有刻骨铭心的。

每天9点上课，可我起得很早，是习惯使然。我也是老师，一个乡镇的初中老师，7点多就开始上课了。本打算，这一周好好睡个懒觉，可没那命。后来想，能在暨大校园晨练，也是好的。暖暖冬日，早晨的暨大，大而不空，密而不喧。一幢幢华侨捐建的大楼，如满珍楼（图书馆）、曾宪梓科学馆、邵逸夫体育馆等，在朝阳下巍巍然。楼前的广场，有练操者。广场的树下，有晨读者。各做各事，互不干扰。这是大学校园应有的景致。这样的时刻，我也很享受，心里美美的。清风阵阵，紫荆花纷纷扬扬，有花瓣飘落一个女人发梢，美得令人怦然心动。她腋下夹着公文包，在漫步，嘴里念念有词，说的是英语。一个大学生路过，向她鞠躬，说了声"教授早"。那天上课我才知道，站在讲台侃侃而谈的刘教授，正是那个女人。一个知性、优雅的中年女人。我似乎闻到了紫荆花香。

星教授的课有些沉闷，但他说的其中一句话，如一剂清新剂，让我们突然清醒，甚至兴奋。他说："河源，是在天上看得见的城市。"我不知此话是否有恭维之意。但说得真诚、真实，且富诗意。他说，有一次他从华东某市飞往广州，看见了壮阔而碧绿的湖水，那不是万绿湖吗？说明广州快到了。我被他的话击倒。我们河源人，乃至深圳人、香港人的生命之湖——万绿湖，是河源的地标，竟在天上看得见。我不禁想起暑假的一次飞行，从山西飞往深圳，在深圳着陆前不知何因盘旋了许久，我抓拍了很美的夜景，发到朋友圈，写上"深圳之夜"。一个朋友质疑，说这哪是深圳？明明是珠江新城啊。认真一看，确实是珠江新城，小蛮腰多明显啊。这广州的地标，也只有晚上可在空中辨认吧。我闻到了文学的芬芳。

记得最后那个下午，广州的天气反常如夏，中央空调又无法开，没有一丝风，闷热，坐着都冒汗。那是罗教授的课。他为了节省多点时间给我们举行结业典礼，竟一口气上了近 3 个小时，期间没停一分钟，也没喝一口水。想想平常自己上课，连接上 3 节课，一节 40 分钟，中间还可歇 10 分钟，却有难熬之感，喉咙沙哑，腰酸背痛腿抽筋，于是常常唉声叹气，怨声载道。此时，我却闻到了人格的芬芳。

2019. 2. 27 《河源晚报》

# 口罩轶事

我向来是个反应迟钝的人。

直到 1 月 23 日，武汉封城的消息被刷屏，我才意识到新型冠状病毒的严重性。

在此前一天，上街购年货，丈夫叫我戴口罩出门，我看窗外行人，没谁戴口罩。丈夫一脸紧张，说别人不戴是别人的事，首先管好自己。我翻箱倒柜，终于找到一个一次性口罩，仅一个，好像是 5 年前丈夫住院时买的了。戴上先，再顺便去药店买。可走遍县城，问了十几家药店，都是相同答案，没有。任你求爷爷告奶奶，就是没有。那么快就被抢光了？所有人都比我反应快？

回来被丈夫数落一顿，说人家是想囤货卖高价，你出高价，答案肯定不是"没有"二字。唉，我怎么就不会转这个弯呢。后来想想，那些抬高价者，肯定跟丈夫这类需求者有关。女儿急忙上网店找，说已下单了，年后五六天后能到货。可过去 10 多天了，仍没到货。女儿天天查看，都还没发货，催，说应急疫区了。

一次性口罩，说戴4小时须换掉，我可戴了好几天了，仍不敢扔掉。新的不来，旧的不能去。每次戴前，用吹风机吹吹，自我安慰，吹总比不吹干净吧，有戴总比没戴安全吧。

首次戴着口罩上街，有些不习惯。刚走出小区门口，遇一熟人，认出我了，对我一笑，笑得意味深长。擦肩过去，过去还回头对我说了一句：赶时髦啊。走了很远，我还感觉脸上火辣辣的。看看街上行人，有个别戴的，都是年轻人。我这是学年轻人赶时髦吗？年轻人是在赶时髦吗？后来仔细想想，在这个节骨眼上，其实，年轻人比中年人老年人觉悟高，自律，悉事，懂事。

大年初五，突然接到一个男同学电话，问我是否有口罩接济？说他一家人要回深圳了，买不到口罩，上不了路。我很惊讶，惊讶从未联系过的，因为口罩，有了联系。我想，若不是他百般无奈，我名字不会从他手机跳出来吧？或许，他认为我神通广大，有什么渠道能弄到口罩？可我让他失望至极。几天后，我问他，怎么弄到口罩回深的？他笑说，自制口罩。他把自制口罩视频立即发给我看，教我怎么做：用纱布，折叠四层，中间层夹上保鲜膜，两边缝上带子，每天清洗时，把保鲜膜换掉即可。他还说，那天，有绝处逢生之感。在某些时刻，我们不能坐等其成，相信自己的智慧，自力更生，自食其力，必定丰衣足食。

我也动起手来了，花费两个多小时，才做成一个口罩。深感不易，深感惭愧。记得年少时，若要钉个纽扣，缝个线头，那是小菜一碟轻而易举的事。刀越磨越锋利，脑越用越灵活，手脚不也如此吗？都怪自己四肢不勤，少锻炼，导致动手能力下降倒退了。手工活，讲的就是熟能生巧。戴上自制口罩，对着镜子，左看右看，不禁大笑起来。毫无美感。但转念一想，都这个时候了，能戴着上街买菜便得了。于是，把那个戴了好几天的一次性口罩，用塑料袋封扎好，扔进了垃圾箱。于是，给这个自制口罩拍照片，晒朋友圈，嘚瑟嘚瑟。

就在晒出第二天，丈夫的一个学生来电话，说分几个口罩给我们。真是喜从天降，雪中送炭啊。他是广州某公司老总，说之前是业务需要口罩，现还留存几十个，带回老家来，分给亲朋好友。因不准进入小区，他在小区门卫室放着就离开了。5 个独立包装的口罩，再用塑料袋封好，压在两瓶酒下面，说是春节孝敬老师的。名酒，口罩，让我们有说不出的感激，感动。虽然只有 5 个口罩，但此时却比名酒更具价值，让我如沐春风，如饮甘露，轻松度过十几天，直到药店可预售口罩。

这是 2020 年春节，口罩轶事，却成了我的大事记。我想，也成了大多数人的大事记吧。

写于 2020 年春节

# 春回阳台

　　我家阳台，逼仄，只好在允许范围内，延伸半尺钢网，为花草安个家。

　　我热爱花草，可不擅长养花草。都说花随人贵。我农村长大，生来粗糙，所以只养了些如农村娃易生易长的花草。养久了，她们俨然家里成员，即使枯了萎了，我也不忍心离之弃之。但在身边时，我又不怎么关心她们。我只关心我的一日三餐。对她们，总爱理不理的，有空闲了，就去喂一口，心情不好了，就去看一眼，绝谈不上富养。

　　我不知道她们几时开了花，几时落了叶。我甚至连她们的名字有些也叫不出。

　　但这个春天，我全叫出来了。

　　那段日子，我突然有了很多空闲。不能上班，不能出游，不能聚会，甚至不能出户。每天，厨房、客厅、卧室，三点一线，踱过来，又踱过去，心乱，心不静。空闲，变成了空虚，心虚，体也虚。虚到不知春风何时起，春雨何时落。

　　不知为什么，我突然拐个弯，踱到阳台，可也不见天，不见地，不见人，目之所及，是自家阳台稀稀落落的花草。

　　她们顽强地生长着。

　　最早回春的，是最不起眼的吊兰。几小盆吊兰，堆在一起。那是装修房子时，听说吊兰能吸收甲醛，毫不犹豫买了，便宜又易养。待住进后，却嫌人家不美，影响房容，便扔到阳台一角，不理不睬。天旱一冬，她渴死了，叶落茎枯。那几个小花盆，曾打算今春换种其他花草。没想到，她起死回生了。茎节处，突然吊着个小小头，头下有根须，头上冒出一扎剑形叶，绿油油的。一节一扎，枯茎无法承受之重，从盆沿往下吊着。我真担心她不小心坠落。后来才知道，这担心是多余的，她越长越牢固，节节见春，葳蕤成片。

　　阳台最漂亮的花盆，是网购的景德镇瓷盆，青花身，虽不是真古品，价格也不菲。我用来种植兰花草。"我从山中来，带着兰花草"，她出身卑微，我有意让她嫁入豪门。她却快快不乐，无精打采。而这个春天，她竟昂起了头颅，不卑不亢的样子。不知哪一天，突然从根底蹿出一株芯，兰花草开花了，我欣喜若狂，兰香幽幽。

　　两盆朱顶红。我一直跟着姑姑叫石蒜。在这个春天，我学会了用手机"识花君"，才知学名"朱顶红"。那是在姑姑家老屋墙根下挖来的。当时看到残垣断壁开满鲜花，我惊叹不已。朵朵如喇叭状，向阳向上，脚下越坎坷越泥泞，脚步便越稳重越铿锵，花亦开得鲜艳。我看到的似乎不是花，而是姑姑。姑姑不顾年迈，佝偻着身子，每天仍坚持出田劳作，风里雨里，精气神越发饱满。我充满爱怜和敬意，带回一小株，不几年，发展成两大盆。那些长长宽宽的叶子，冬天已枯黄脱落，到春天也没见长新叶。惊蛰时节，一声春雷，唤醒万物。朱顶红也被惊得刹不住脚了，犹如春笋，噌噌噌地冒出多个头来，把塑料花盆都撑裂了。那些头，不是叶，是花茎。不久，就从那些头上开出花来，一茎两花，对开，似黄似红，熠熠生辉。

还养了两盆长寿花。也是通过识花君才悉知"长寿花"。我一直自取"长命花"。其实同个意思，因性质得名。真的很长寿。迄今为止，我还没见过哪种花有那么长寿，能开两季。从早春开到仲夏。记得某个夏末，我下楼倒垃圾，发现垃圾桶旁侧仰着一盆花，花枝已干，多肉的叶子也瘪下去了，半焦半绿的，毫无生气。显然，这是被人遗弃的花草。我出于怜悯之心，如怜悯一只弃猫，把她抱回家。每天喂她米水，精心呵护了几天，见她仍瘦不拉几的，营养不良，便失去耐心，置之不理。准备扔掉，但想到抱上来时花了我那么大力气，现抱下去又得花大力气，不甘心，除非有人帮我出这份力。呵呵，可遇不可求，就那么搁置着。没想到，春节来临，她开花了。似乎一夜间，无数花枝窜上叶面，长满花蕾。就是这些一粒一粒的花蕾，每天开几朵，一直开到夏天，星星点点，粒粒红，开出意外而持久的惊喜。

年前，经朋友撺掇，妙杀价10多元购得一盆蟹爪兰。第一次听说这名字，也是第一次认识其真面目。快递到家，掀起她的盖头来，蟹爪样的叶条呼之而出，弯向盆沿，条条叶尾吐出红舌头。舌头很小。朋友告诉我，那是花苞，待春节时，一定报你惊喜。可惊喜不在春节里。也许这个春节她也感受到了慌乱吧，不开，也不谢。直到雨水时节，舌头突然炸开，一天一炸，次第而开，活像樱桃小嘴，红艳艳的，清新，可人，美得不禁凑上去咬一口，满嘴春天。

最看不出春天样子的，是那盆茉莉。种植最久，长达 10 年。都说，十年树木。茉莉虽不是乔木，却也枝枝杈杈，向前后左右扩张，独霸一方。为来年不让她再霸，年前，我突然心血来潮，咔嚓咔嚓齐根剪，剪掉了所有枝叶，成了"光头强"。其他花草，都已回应春天。但她还不发新芽。也许，我的鲁莽令她太伤心了。直到惊蛰过后，才见近根处有绿影，这是凤凰涅槃啊，"光头强"嘛，终能强起来的。我急忙用手机拍下那隐隐绿影。

那段时间，她们每发一个芽，每长一片叶，每开一朵花，我都用手机拍下。

把美好留住，把奇迹留住。

她们，来自农村，来自山旮旯，来自沟渠，来自墙根，来自被人遗忘的角角落落，不名贵，不富贵，不娇贵，普通如众。春回时，无论何种境遇，依然生生不息。

写于 2020 年春天

# 一地白玉兰

李渔在《玉兰》中说："世无玉树，请以此花当之。"

当然，我写的玉兰非李渔玉兰。

我们当地称之白玉兰，实际是黄桷兰，随处可见。

我的母校就有一棵，在学生公厕旁。是种子不小心遗落，还是人为有意而种，我不得而知。初识时，它已很高大了，需仰观。浓绿阔大叶间，有一些小花朵，不易觉察。那时，我没留意过花朵的样子，少女的好奇心，只在它的香气上。课间，从厕所出来，顺手牵羊般，顺势弯腰从地上拾起一瓣。花落满地，瓣瓣散开，而不是朵朵散开。不知是被来往学生踩成一瓣瓣，还是它本来就是那个样子。一地的玉兰花，一地的女学生。女生爱美，女生喜香，天经地义。拾起来，伸到鼻口处，轻轻嗅闻，真香，带着甜味的香，一阵一阵拂过，令人陶醉。男生便笑话女生，厕所白玉兰，臭美，臭香。

刚从地上拾起时，呈米白或淡黄色，晶莹，滋润。在手中把玩久了，就泛黄，还出现斑斑黑点，似乎有了某种隐喻，但香气仍在，浓郁依然。

许多同学喜欢把它夹在课本或日记本里，时不时打开，嗅一嗅，香气扑鼻，神清，脑醒。前不久，因疫情影响，我宅在家，趁赋闲，整理旧书，翻开一本初中时代摘抄的笔记，突然掉落一瓣白玉兰，干扁，旧黄。令我诧异的是，它仍散发着淡淡的甜香。

那是光阴的物证啊，30年了。

这30年里，我换过许多工作，换过许多地方，兜兜转转，又回到了母校。母校已大变样，变大，变新，变美了。寻找旧时痕迹，只剩那棵白玉兰，耸立公厕旁，比之前高大了许多，身形如抱，冠盖如云。公厕翻新了，但仍有臭气外延。

不知哪一年，公厕旁多建了一幢教学楼。我任教那个班的教室，与公厕仅一树之隔，这树，就是玉兰树。上课时，常常上着上着，便闻臭味阵阵。学生一手做笔记，一手捂鼻子，或用书本当扇子，扇来扇去，"举扇驱臭臭更臭"。我这个当老师的，是可忍，孰不可忍？便心心念念初夏的到来。

初夏，玉兰花开。玉兰花浓郁的甜香，能压住臭。如正定能压邪。这棵白玉兰，与"不叶而花"的真白玉兰相反。宽如巴掌的绿叶，层层叠叠，长成一树阴凉。它的花被遮掩了，无从寻觅。以前无心留意，如今又因它长得太高，无法看清花朵的样子。看到的，是一地的花瓣。据说，落地上的花瓣比树上的花朵还要香，所有的香都积蓄在这厚厚的花瓣上。一地白玉兰，能香彻整个校园，别说压那一隅之臭了。我突然悟到，为什么落在公厕旁？为什么至今只剩它完好无损蓬勃生长？应是种花者用心为之，护花者极力保之吧。白玉兰，就是为了去改变周遭环境而生，把自己所经之处都染香，默默地染香，默默地送走一茬又迎来一茬学生，年年岁岁，历久弥香。

课间，女生呼呼啦啦去捡拾白玉兰。红扑扑的脸蛋，活泼泼的笑声，浑身溢满青春朝气，就像白玉兰吐着芳香，蓬蓬勃勃。她们把拾到的花瓣或串成串，戴在手腕，或夹进写满心事的日记本里，馨香浮动，心思澄澈。恍惚间，我看见了30年前的自己。

又一年初夏时。有学生在上网课的微信群问：老师，教室旁那棵白玉兰开了吧？

我一愣，想起前几天整理旧书看到的白玉兰，这是与学生的心灵感应吗？其实，在这个超长的宅家假期里，谁不心心念念自己原有的生活轨迹呢？上班族念上班，学生们念上学，就如草儿念春风，鱼儿念活水一样自然。

我给学生回复：玉兰花开时，正是返校时。

我又看到了那一地白玉兰。

2020.7.4《河源日报》

# 春夜喜雨

夜半时分，忽闻窗外嘀嗒嘀嗒声音，搅碎清梦，彻底醒了。再细听，是雨声。下雨了，终于下雨了！心中狂喜。

久违了，雨。

我要看雨。一骨碌起来，拉开窗帘，春风十里，温温润润，扑面而来，那是天然面油，干燥皮肤也顿觉温润。窗外黑咕隆咚，什么也看不见。雨大？还是小？霏霏而下？淅淅而落？全凭听觉。应该不大，但也不似毛毛雨。至少，如乡人所说，落出了屋檐水。滴答，滴答，铁皮瓦造就的屋檐，造就了雨的声势。以往，听来总是噪音，刺耳又烦心。可今晚的雨声，同是滴答滴答，却从未有过如此美妙。不是雨打铁皮瓦，是雨打芭蕉，"万籁此都寂，但余钟磬音"。我似乎看见了琵琶行里的琵琶女，纤纤细手，弹拨，复弹拨，如大珠小珠落玉盘。

这是一场迟来的雨。如迟来的爱。那位佳人，在天上，似乎还没长大，更没成熟成云的样子。但想念你的人，望眼欲穿，一天，两天，一个月，两个月，那是怎样的煎熬啊。熬过了冬，又熬立春，干巴巴的立春。雨水，仍不见雨水。佳人迟迟不约。

太阳总是那么慷慨而热情，毫不保留把光和热献给大地。但过分的热情，往往带来伤害。花草树木，是大地的毛发，曾经那样生机勃勃，神采奕奕。"腊雪不满地，膏雨不降春"，渐渐地，没了精气神，甚至枝枯叶败。大地的肌肤，一如人的皮肤，缺失水分后，粗糙，皲裂，杜甫说"良田起黄埃"。古人祈雨，烧香拜佛。今人祈雨，打火箭弹。只是，"雨降不濡物"，收效甚微。春耕，春耕，田地干硬如铁，如何耕？该怨谁呢？农民，看看天，又看看地，一脸迷茫，浑身焦躁。

说什么万物生长靠太阳，但没有雨露，就如缺胳膊或少腿的人，走路终究失衡。

江河湖海，大地的眼睛，也渐渐凹陷下去了。屋后的沟渠，干裂成鳞片，门前的小溪，断流成泥潭。各地水库，水位一低再低，库底黄泥隐约可见，让人触目惊心。连水源丰沛的万绿湖也如此，似乎突然大病了一场，瘦弱不堪。媒体报道说，创22年新低，多处惊现移民祖屋地基。何时再现浩瀚碧水？站在堤坝上，不禁发问。

记忆中，南方雨水多，从未有过用水之愁。可现在，见面问候的第一句话，不是"吃了没"，而是"今天你家有水吗"。都说，没有电，不方便。而没有水，更不便。生活处处需用水，水是生命之源。下班回到家，拧开水龙头，空的，不见一滴水出来。急得哇哇叫，做晚饭呢？洗澡呢？上厕所呢？怎么突然就停水了呢？是你没关注小区停水公告。整个县城供水告急啊，只能轮流供水。于是，借水，蓄水，找水，争水。没水的日子，才知水的可贵，才想到要节约用水。把洗菜洗碗的水留着，不敢机洗衣服，把手洗衣服的水也留着，只为二次利用，如冲厕所。以前父母这么做，总投以鄙夷目光。现在想来，羞愧难当。"节约用水，珍惜粮食"，这些传统美德，老一辈坚守得多好。

回乡下娘家运水，万万没想到，娘家也断水了。高山那股瀑布般的石岩水，也细如丝线了。母亲说，现在农村用水也紧张啊。

"一旱犹可忍，其旱亦已频"，大地上最后一滴水，是否真是人的眼泪？这不是杞人忧天，也不是危言耸听。

老天终于动了恻隐之心。惊蛰，雨，降临了，如羞答答的玫瑰静悄悄地开。即便如此，我也那么欢喜。

# 斗蚊记

"夏蚊成雷，私拟作群鹤舞于空中，心之所向，则或千或百，果然鹤也；昂首观之，项为之强。又留蚊于素帐中，徐喷以烟，使之冲烟而飞鸣，作青云白鹤观，果如鹤唳云端，为之怡然称快。"这是清朝沈复的《童趣》片段。记得某年教学时，对学生款款谈及童年之乐趣，童年之想象力。我自觉违心，自愧不如。沈复能把蚊飞拟作鹤舞，化丑为美，化恨为乐，那是一种怎样的心态与境界。而我，从童年，到如今中年，都视蚊子为牛皮癣，烦之，恨之，又惧之。

夏天又至。

住城里。那个火柴盒似的房子，倒不见夏蚊如雷，但寥若晨星还是有的。就这寥若晨星的蚊子，也够我受的。

那晚，电脑敲字，不觉夜深，困意来袭，便上床睡目。正浑浑然入梦时，忽听嗡嗡声萦耳。蚊子！有蚊子！兀地惊醒，亮灯。蚊子呢？明明听见蚊叫，咋不见蚊影了？是梦幻吧？关灯，睡。就要睡着时，又听见蚊子叫声在耳边响起。定定神，认真听，不是梦啊，是真有蚊子。亮灯，找。掀翻枕头，抖动被子，没有。看墙上，地下，没有。又拿衣服当扇子，扇往窗帘，衣柜、书橱，以及各个角落，还是没有。见鬼了？亮着灯睡吧。"光天化日"下，蚊子再无处可躲，再逃不出我的火眼金睛了吧。可是，蚊子没见着，睡意全无了，眼珠子滴溜溜地转，身子翻来覆去的，是不习惯亮着灯睡啊。只好关灯。不知过了多久，睡意重新登录，昏沉沉的，似睡非睡。听，蚊子又一路高歌过来了。这次我变聪明也变稳重了——不急于开灯。因为几次失败使我明白，蚊子不喜欢在明处。一定要和蚊子斗智斗勇，那就黑暗中击灭它。从声音辨别方向，近了，近了，啊，好像在我脸上停住了。我憋着一股气，"啪"，一巴掌，打在自己脸上，火辣辣地疼，眼冒金星。这般力气，蚊子该粉身碎骨了吧。亮灯，检查成果，看手掌，干净，再起来照镜子，看脸，也干净。蚊子呢？咋不见蚊子尸末？压根儿没打着。

你个死蚊子，狡猾的蚊子，每次灯灭后我即将睡着时你就来，灯一亮你就跑，跑得无影无踪。我一个大活人，咋甘心被你如此调戏？我突然想起《伊索寓言》里的"蚊子和狮子"。我不就是那头狮子吗？愤怒得就差"河东狮吼"了。

那一晚，眼睁睁的，守株待兔般，守到天亮，一个蚊子也没守到，却守来浑身疲惫。上班要紧，不得不起床。洗漱时，竟然在卫生间发现蚊子。真是"众里寻她千百度，蓦然回首，哈哈，那蚊子却在镜子处"。那蚊子黑黝黝、圆鼓鼓的，大得惊人，竟吃得那么饱。我喜怒交加，使出吃奶劲儿，啪，终于拍死了。镜子上，手掌上，均是一摊殷红的鲜血。那是我的血呀。

不管怎么说，总算报深仇大恨了。下一晚我就可安稳睡觉啦。

而真正到了下一晚，又有蚊子来调戏我。如此五次三番，严重影响睡眠，导致神经衰弱，精神也处于崩溃边缘了。

蚊子喜潮湿，喜植物，喜脏臭，也喜清香。以此对照，我以为，城里没蚊子。而农村，真是夏蚊如雷。我在农村长大，可说蚊子与我的亲密度，胜过我与亲人亲密度。小时候，与小伙伴们在晒谷坪玩游戏，全然忘了蚊子对我的叮咬，回家后才发现，裸露的部位缀满红点点，还好，搽点风油精，便消散不痒了。还有就是蹲茅坑，那些蚊子呀，如黑云压城，又如波涛汹涌，拍走一波，另一波又涌过来了，总有那么几个投机分子，或顽固分子，瞄准白嫩嫩的屁股，一针扎进去，哎呀呀，疼得又叫又跳，蹲个茅坑也不得消停。而记忆最深的，莫过于与野蚊子的斗争。树荫、竹林、田野，我是不愿去的，那些野蚊子太可怕了，跟家蚊子长相不同，性情也不同。那是花蚊子，凶得很，一咬就起一个大包，而不是红点点，几天难以消散，奇痒难忍，若抓痒，那个口子就流血，且越抓越痒。可我又不得不去，被父母逼着去干农活。那时的我，颈项、耳垂、眼睑、脸蛋、手背等裸露处，总是红肿糜烂的。我想，狮子斗的那个蚊子，就是花蚊子吧。百兽之王都斗不过，我又怎能斗过？斗不过总躲得过吧。于是，我暗下决心，一定要发愤读书，考进城里去，逃离农村，逃避蚊子。

没想到，逃了半辈子，我并未逃出蚊子的魔掌，城里一样有蚊子。当时我住五楼，安装了纱门纱窗，以为从此能把蚊子拒之门外窗外，卧室便不挂蚊帐。不挂蚊帐的床，更美观，更宽敞，也更凉爽，睡觉可舒服了。但蚊子无孔不入，每晚都有几个不知从哪里钻进来的，赶不尽，也杀不绝。我只有乖乖地挂上蚊帐。后来，我又搬迁另一小区 32 层高的 17 楼，认为蚊子不可能飞那么高，便不装纱门纱窗也不挂蚊帐。而事实证明，仍有蚊子。住32 楼的业主都说他家有蚊子。有人调侃，如今科技飞速发展，蚊子也随之进化了。其实，蚊子是随人随电梯上来的。

那些蚊子，白天埋伏，晚上出动，抓准时机，瞄准目标，冲锋陷阵，让人防不胜防，使睡眠支离破碎。

向高楼叫板，誓死不挂蚊帐。那是活该。得失是平衡的，想让睡床美观，那睡眠就得受罪。

又想起沈复。其实，活的就是一种心态。人类与蚊子，本就和谐共生。

那就与蚊子握手言和吧。

# 后 记

　　掐指一数，距出版第一本散文集《走进那山那水》7年了。不觉一惊。7年，人生能有几个7年？7年，可以做成多少事啊。而我，7年来，恍惚度日，苟且活着。原计划，至少4年出一本集子，却应了一句流行语：计划赶不上变化。

　　人到中年，才知生活无常，又无情。不由你能否承受，双肩肿痛也罢，脊梁弯曲也罢，脚步踉跄也罢，连手中的笔，也颤颤巍巍。曾试图把暗淡的日子涂亮，精雕细刻成一幅"清明上河图"，但终究是，一筐碎片，一地鸡毛。即使千字小文，也是写了停，停了写，至少花上三五天甚至更多时间，难以洋洋洒洒，一气呵成。灵感总是一闪而过。很多文章，只取了个标题，或只写了个开头，便停下忙这忙那。待有闲时，再打开电脑文档，再屏息静气一阵，再构思一番，续写，要么不是当初所想，要么续不下去。以至于，不成型的文章比成型的多。就像当下，写书人比读书人多。时间零碎，文字也零碎。这也成了疏懒动笔的借口。

我特别羡慕一些作家，一落笔就洋洋万字，或个把钟，便完成一篇千字文。我还特别羡慕一些作家，随时随地，可投入到写作中。生活工作写作并行，拿得起，放得下。白天纷繁的俗务，与他无关；办公室叽叽喳喳，与他无关。我不能。有那么一段时间，我也成了坐办公室的人，事不多。事余，喝喝茶，聊聊天，看看电脑，玩玩手机，在别人看来，很是惬意。而自己的内心，在抓狂。五六个人的办公室，没有间隔屏风，逼仄，拥挤，嘈杂，来送文件的，来找人的，来串门的，谁的一举一动，都在眼皮底下，连接打电话，都无可遁形。我努力试着把这些当空气，让大脑快速映现文字，结果，是徒劳。别说写，就是抄，就是看，都无法进行到底。记得著名作家贾平凹说："房子是用来囚人的。"我最深体会便是，办公室是用来囚人的。囚住手脚，囚住目光，囚住思维，囚住灵魂。虚度，颓废，萎靡。

说到底，是自己修炼不够。

只好再次无奈转身，转到最初轨道——讲台。兜兜转转后，深深觉得，面对学生，才是最放松、最不虚度的。余生，"只想安静地教书"。

而写作，是我生活的光亮。

不管生活如何起伏，命运如何走向，只要还能握住这支笔，我都要涂涂写写，不问西东。因为写作，我可以在草丛中开出一朵花，在泥泞中跨出一道彩虹。真的，每每有文字发表，有文章获奖，内心便生出一切皆可抛的狂欢。

我在散文集《走进那山那水》说过，写作，于我，只是饭碗里的佐料，再喜欢，也只能在时间的缝隙里吸收。以前是，现在是，将来还是，夹缝求生。每天，只有夜深人静时，拖着疲惫身躯，把灵魂安放在文字里，但又不能太入戏，明天，还有很多正经事。

此散文集取名"围里围外"，是三思而定。这围，是我家乡，客家民居。心心念念的，刻骨铭心的，依然是生我养我的家乡。那是肌肤之亲，那是血脉相连。这里的山水，这里的田地，这里的草木，这里的砖瓦，这里的衣食，这里的风物，这里的人事等等，都在自己的记忆里活生生的。自然，跟自己的生活轨迹有关，至今，我仍未走出家乡。

围里，有祠堂，有花台，有禾坪，只是，"苔痕上阶绿"，没有了烟火气。围外，却是一片新天地。在脱贫攻坚、乡村振兴的助推下，日新月异。文化广场、水泥村道、万里碧道、合作社种植、饭店、民宿等等，无不显示着围外的现代与美丽。正如《围里围外》那篇散文写道："围屋，新楼，物质，精神，和谐依存，喜新不厌旧，有继承，有创新，既现代，又古朴。"这也是我比较满意之作，发表在《南方日报》。

家乡连平，九连山环绕，地域虽小，虽偏，人口也不多，但物产丰富，人杰地灵，山清水秀，有取之不尽的写作素材。如土特产：香菇、草菇、茶树菇、木耳、火蒜等；如水果：鹰嘴桃、爽口梅、沙梨、棠梨、三华李等；如美食：灯盏板、艾叶糍粑、番薯粉丝、糖环、科丸等；又如习俗：舞牛歌、鱼梁捕鱼、上花灯等，都可入笔，用文字把它们留存下来。有些物件，用着用着就不见了，就像有些人，走着走着就散了。

本书分五辑：缕缕乡思、浅浅履痕、悠悠味蕾、绵绵亲恩、碎碎个事。所写，依然是家乡人事，依然是豆腐块小文，依然多是报纸副刊发表，可说是《走进那山那水》的姐妹集。

报刊往往有个特点，多是应景之作。唐代白居易的《与元九书》有言："文章合为时而著，歌诗合为事而作。"投其所好，是对的。但也是不对的，文章欠缺厚度和深度。

出版此集，得到了多方大力支持。他们无私的帮助，让我特别感激、感动。如两位乡贤作家丘树宏先生和吴振尧先生，跟他们只有一面之交，只有微信而已。劳烦他们写序，也仅在微信沟通，没想到，他们竟应承了。

还是那句话：大恩不言谢！